bate um coração

Dados Internacionais de Catalogação na Publicação (CIP) de acordo com ISBD

I11b I Acevedo

Bate um coração / I Acevedo ; traduzido por Paloma Vidal. - São Paulo : Edições Jabuticaba, 2022.
148 p. ; 11cm x 18cm.

Tradução de: Late un corazón
Inclui índice.
ISBN: 978-65-00-55593-6

1. Literatura argentina. 2. Contos. I. Vidal, Paloma. II. Título.

2022-3470 CDD 868.9932301
CDU 821.134.2(82)-34

Elaborado por Odilio Hilario Moreira Junior - CRB-8/9949

Índice para catálogo sistemático:
1. Literatura argentina: Contos 868.9932301
2. Literatura argentina: Contos 821.134.2(82)-34

Obra editada no âmbito do Programa Sur de Apoio às Traduções do Ministério das Relações Exteriores, Comércio Internacional e Culto da República Argentina

Obra editada en el marco del Programa Sur de Apoyo a las Traducciones del Ministerio de Relaciones Exteriores, Comercio Internacional y Culto de la República Argentina

Programa Sur

Revisão: Agnes Ghisi e Marcelo F. Lotufo
Design miolo: Marcelo F. Lotufo
Design da capa: Marcelo F. Lotufo e Bruna Kim
Foto da Capa: Marla Zakai

Edições Jabuticaba
www.ediçõesjabuticaba.com.br
www.facebook.com.br/Edjabuticaba
Instagram: @livrosjabuticaba

Índice

bate um coração

i acevedo

contos

tradução: paloma vidal

A Martín e Gregorio
A Paula
A María Fourcade e Gregorio Herrera

bate um coração

Intitulando assim este conto, fecho com urgência um ciclo cheio de urgências. É um novo caminho que se abre, cheio de urgências também. Tenho muitas coisas pra contar e preciso contá-las aqui e agora. Conseguirei isso, como sempre, misturando tudo com tudo e, sem ocultar o meu modo, direi, desde o início, a substância que compõe esta narrativa: revisar o porquê e o para quem da minha escrita, romper com uma tradição literária, reivindicar o meu direito de amar.

Agora é sexta, são dez da noite e daqui a três horas eu vou para uma festa à qual não quero faltar, embora eu deteste a noite: "Quando a luz começa a mudar, às vezes me sinto um pouco estranha, um pouco inquieta, quando está escuro...". O Gre foi com o Martín para a praia: sobraram por toda parte seus potes de iogurte que brilham na escuridão. O Gregorio tem quatro anos e oito meses, e uma altura que lhe dá uma experiência específica do gênero: quando andamos pela rua, as bolsas das mulheres batem na sua cabeça, os cotovelos dos homens põem em risco o seu rosto.

É isso que vivemos quando perambulamos pela rua Libertad, ele com passo despreocupado de criança, e eu desviando de bolsas e cotovelos. Ele diz que eu sou a líder da família e, quando vamos às manifestações, diz que sou a líder das mulheres. Quando afasto os gatos da mesa da cozinha, ele diz que eles têm tanto direito quanto nós de estar em qualquer lugar da casa. "Justiça!", ele me diz. Às vezes diz "papai" ao invés de "mamãe", e eu não digo nada. Quase cinco anos tiveram que passar pra que eu pudesse falar dele; primeiro tive que poder elaborar a pressão social que ser mãe implica... Também tive que aprender em alguns textos como uma filha pode amar a memória de sua mãe morta por uma causa política e comprovar que ser mãe transforma muito você, mas que tem coisas que continuam sendo as mesmas. Nunca escrevi nada sobre o meu filho, mas agora percebo que muito do que eu faço é pensando nele.

Timidamente, faz algum tempo, venho detalhando como escrevo as minhas histórias: alinhavando tudo com tudo, tentando enaltecer a lógica, quando sei que a lógica não tem nenhum sentido na vida, lutando pra que os sentimentos emerjam. Hoje fecho um ciclo de vinte anos de escrita, vinte anos nos quais a escrita me ajudou a sobreviver em todos os sentidos possíveis, inclusive monetários, pois os primeiros oito pesos que ganhei na minha vida, aos catorze anos, foram produto de um texto. Hoje quero deixar uma coisa bem clara: a primeira pessoa do singular *eu* é uma modalidade desta época, não é um capricho egocêntrico, e longe de ser um gesto individual, é uma necessidade coletiva: a de nos nomearmos, a de estender nossa voz para outres e para o futuro, a de derrubar a opressão. E pra levar ao extremo essa necessidade, romperei aqui e agora uma regra implícita e explícita da literatura, aquela que indica que es artistes mesmes não devem explicar sua obra. Pois este conto fala da minha vida e também da minha obra.

Ser mãe, tornar-me lésbica, não ser mais mulher foram experiências que abriram as minhas emoções. E preciso reivindicar agora, dentro da minha escrita, como já venho fazendo fora dela, a importância de falar de nossas emoções. Preciso deixar tudo isso dito antes de ir pra festa em que a garota de que eu gosto é dj. Sei que os fios que conectam esses temas serão muito fracos, e quero que assim seja, porque a causa e o efeito desses fatos são um artefato provocado pelos cruzamentos da vida que acho relevantes; e à medida que cresço, cada vez me importa menos que se perceba que eu faço o que me dá na telha e cada vez me importa mais reivindicar o meu direito a ser livre. Por outro lado, a grave situação social que estamos transitando faz com que a ficção se torne obsoleta, e a narrativa, ensaística. Este conto, em que digo o que estou a fim, como num discurso, é o conto com o qual se fecha uma etapa da minha vida, e a fecharei com um toque de bateria mortal, tipo Iron Maiden... talvez quebre o instrumento. E que quebre o que tiver de quebrar.

Faz uma semana, tive que falar numa homenagem a Hebe Uhart, poucos meses após a sua morte, e um tempo depois de começar, caí no choro na frente de todo mundo. Antes, aos trinta, caí no choro diante do público na Feira do Livro, lendo um conto em que o narrador se sente triste pela morte de seu galgo. Faz dois anos, no Festival Internacional de Literatura em Buenos Aires, o Filba, tive que participar de um bate-papo no museu MALBA, e enquanto eu falava, o Gregorio perfurou a testa com a ponta de um degrau de mármore. As moças do museu o levaram ao banheiro e quando cheguei e vi o sangue na porta, achei que ia morrer. Vi o meu filho sentado na pia banhado de sangue até a cintura. "Filho! Eu te deixei sozinho!", foi a primeira coisa que saiu. Uma semana depois, o pessoal do Filba me propôs dar um passeio com uma escritora brasileira pra escrever uma crônica a ser lida no encerramento do festival. A proposta era ver alguma manifestação na Praça de Maio, mas acabamos visitando a tenda de ex-combatentes das Malvinas (tenda que hoje em dia não existe mais, porque foi interditada por este governo infame de Macri).

Contei pra escritora uma lembrança: cada vez que cantávamos o hino na escola, a minha mãe caía no choro. Por que você chora?, perguntei um dia. Pelos rapazes que morreram na guerra, ela me respondeu. Na narrativa sobre esse passeio que escrevi para o encerramento do festival, as duas histórias de sangue se conectaram. Agora me lembro da frase que escrevi e que me fez cair no choro diante de cento e cinquenta pessoas: "Ver o seu filho banhado de sangue é algo que não deveria acontecer com pessoa alguma". Depois pensei: Mas, por favor, como eu não percebi que ia cair no choro diante de uma frase dessas? Eu ainda considerava que chorar em público era um acidente.

Uma das últimas vezes que chorei foi aqui mesmo, na Casa Brandon, faz pouco tempo, lendo "Untitled Document", um conto em que falo sobre a minha relação com a Paula. Nesse conto, agradeço a Paula por ser a primeira pessoa a chorar publicamente pelo esmagamento que sofremos nas mãos dos senadores no dia 8 de agosto de 2018, quando pisotearam nossa demanda inadiável de que o aborto fosse legal na Argentina... Ao contar, nesse dia, que o seu choro foi o que permitiu derramar a primeira lágrima quando ainda ninguém tinha coragem, com pulsão negadora, de assumir esse luto, caí no choro mais uma vez. Mas não me importei, porque estava entre amigas.

Agora penso que, em todas essas ocasiões em que chorei em público, estava contando alguma coisa. Mas houve uma vez em que eu não estava contando nada, e foi a vez em que dei um verdadeiro show de lágrimas. Foi na semana depois do 8 de agosto, quando fomos à Casa de la Provincia de Buenos Aires, no dia em que morreu a primeira mulher por aborto depois de o senado ter esmagado a lei. Eu fui disposta a encontrar com a Paula pra chorar nos braços dela por tudo o que implicava pra mim ter perdido aquela lei, mas ela não estava lá. Lá estavam outras amigas, e assim que as cumprimentei, quando me perguntaram como eu estava, comecei a chorar. E, como o choro me consumiria toda a energia do corpo, me joguei no chão. A minha última "feminidade", se é que tal coisa existe, se diluiu em pranto, correndo pelo asfalto da avenida Callao. Lembro que olhei pra minha roupa: o meu jeans, o meu pulôver cor clara, um sobretudo branco, dizendo adeus a eles, como se tirasse uma foto mental do meu último dia com roupa de mulher. Chorei pelos atropelos que sofri, porque os meus pais me descuidaram, porque a minha mãe fez de mim a sua empregada doméstica, pelo abuso que sofri, do qual o meu irmão foi cúmplice, e que ninguém assumiu.

Não é, como disse a ministra Patricia Bullrich, a respeito do assassinato de Santiago Maldonado, apropriando-se de nossas categorias, que a verdade ganhe da narrativa... Não é assim, nunca é assim. O que ganha é a memória, e aonde quer que você vá, você a encontrará: é a única coisa que temos e é o que ninguém pode roubar nem reprimir. No meu corpo estava a memória, mas a história não tinha se formado ainda. Foi um mês depois, no dia 10 de setembro, que caiu a ficha do que estava me acontecendo. No dia anterior, eu tinha brigado com a minha namorada, e enquanto eu lavava a louça do café da manhã, pensei: E agora, o que eu vou fazer? E respondi: Agora vou transicionar. Então entendi que, ao transicionar, ao assumir um aspecto masculino, corria o risco de pôr na minha própria cara a cara do meu irmão. Entender isso fez com que a história do abuso assumisse por fim o lugar que cabia a ela na minha vida. Ela não era mais o fato fundante que me constituía como vítima do patriarcado: era uma violência que estivera impedindo um encontro com a minha identidade, mas não mais.

Colocar a narrativa da violência numa cadeia de sentido que se abre ao futuro e que seja possível de reproduzir: eis aqui a dificuldade pra quem arranha na pedra da memória tentando lhe dar forma, torná-la linguagem. Um mês depois, no Encontro de Docentes Trans, pude contar esta história completa, mas sem chorar. Ali recebi um imenso abraço coletivo, um abraço com o qual se fechava um longo ciclo de solidão.

Agora eu entendo por que eu chorava em público tão confortavelmente, agora entendo também por que escrevo: porque escrever é romper a clandestinidade. Chorava em público porque sempre me senti protegida em público. Nos cenários, na calorosa luz, rodeada de pessoas calorosas, nada podia me acontecer. Muitíssimas vezes escrevi especialmente para instâncias públicas, e cada vez que me convidavam para uma leitura, eu me surpreendia por me exigir escrever um texto novo. Queria mostrar o meu estado da questão, tentava desdobrar a voz, alinhavar a memória. Porque isso é o certo.

Escrevo agora no dia seguinte da festa. Este é um conto escrito aos trancos, antes e depois de uma festa na qual dancei por doze horas ao ritmo da música eletrônica pensando intensamente em tudo isso, curtindo também olhar pra garota de que eu gosto. Pois o que seria da minha vida sem uma história de amor? Não posso mais ocultar que era isso que eu queria contar, e desde o início duvidei poder encadear essa história no curso da narrativa, porque gostar de uma garota não tem nada de especial... já gostei de muitas e de quantas mais gostarei... Mas mesmo eu já tendo declarado pra ela que a acho bonita e tendo-a convidado pra sair, e ela tendo me dito que não, porque tem namorada, mesmo isso tendo abalado o meu orgulho e me aliviado um pouco também, porque não estou a fim de me apaixonar, eu não seria capaz, por honestidade comigo mesma, de negar os meus sentimentos em relação a ela e não contá-los aqui, porque, além disso, intuo que posso narrar a intensidade com a qual gosto dela de outra maneira por estar encerrando uma etapa da minha vida.

Negar Machi, esquecê-la, seria desonesto. Eu me nego a descartá-la simplesmente porque ela não gosta de mim, isso seria fazer exatamente o contrário do que eu predico. Ontem fui à festa animada, o ânimo de ver Machi, de curtir sua beleza e sua música. Machi, que tem namorada, e com quem troquei mensagens faz umas semanas convidando-a para uma cerveja, e me disse que não, porque tem namorada, e com quem de fato ri um pouco da situação no chat, botou um som muito legal e não me deu a menor bola. De vez em quando, eu olhava pra ela e pensava neste conto, e pensava: como eu conto isso? Quero contar, e poder ler na próxima leitura (ou seja, hoje). E não vou começar a me queixar de que me apaixono por uma garota sem sequer conhecê-la, só porque gosto de ver nela alguma coisa um tanto torta (Machi é canhota, como eu); também não vou passar vergonha falando desse assunto na frente de um monte de pessoas que eu não conheço, algumas das quais podem ir contar pra Machi que eu disse que ontem à noite eu continuava disposta a projetar o meu olhar desejante sobre o seu rosto; também não quero torná-la um objeto, simples matéria de um conto; mas ao mesmo tempo eu me dizia: não. Não é assim.

Sim, esta é a última vez que falo de gostar da Machi, porque, por sorte, eu me inclino a gostar das pessoas que também gostam de mim, mas preciso falar disso que me aconteceu com ela, de algo importante que aprendi enquanto olhava pra ela. Preciso pensar nisso nesta parte do conto onde tento reivindicar o meu direito a amar. Ao contá-la, eu me distancio, e ao mesmo tempo me aferro a ela... Eu tento explicar, de alguma maneira, que o passado também pode ser presente com igual intensidade que o possível.

Com palavras, pareço me distanciar do desejo, enquanto que o que eu quero é mostrar, como uma barra de ouro, a beleza deste dado: ao começar o seu set, Machi se inclinava sobre o console e fazia caretas estranhas cada vez que algo soava mal. Sublinho mentalmente essa importante oração, porque é a única oração deste conto em que se narra e se descreve uma ação, no âmbito de uma literatura carregada de ideias. Mas é uma oração que, a mim, comoveu profundamente. Pra além do baseado que eu tinha fumado, eu segurava a minha cabeça. Não posso estar dançando e olhando descaradamente alguém que já sei que não me dá bola. Mas posso. Posso, dizia a mim mesma. Posso ter essa cara de freak enquanto olho pra ela, estar dançando e, além do mais, estar pensando em tudo isso. Sim, sou uma freak, e de fato saber disso não tira de mim esse caráter. O que eu posso fazer? Curtir essa música, curtir que estou viva, e se eu tiver que afundar na tristeza, afundar com tudo.

Assim, dançamos até as seis, e depois fomos para uma casa pra continuar dançando. Verei Machi de perto, talvez eu possa até ouvir sua voz ou sua risada, pensei. É incrível que eu me exponha a contar algo que aconteceu há tão somente uma noite. Mas como eu disse, não tenho cara. Essa é a vantagem, esse é o dever que assumo, na verdade, junto de quem não tem nada a perder e muito a ganhar depois de ter sobrevivido: o de representar em qualquer medida um risco permanente para as convenções sociais do *status quo* neoliberal e heterocispatriarcal. Ah! A minha cara não vale nada, é verdade. Posso arriscá-la a qualquer momento e lugar. Por isso tenho poucos gestos, gestos estranhos, eu sei. Tenho a cara dura, sim, tão dura como a de um herói numa moeda. Mas em troca dessa cara desvalorizada, tenho a vantagem de poder contar as coisas assim: gratuitamente.

Fomos a esse after, e por um tempo não encaixei, quando quase todas as pessoas se beijavam e eu não estava animada, e eu era um monumento ao amor não correspondido. Mas, apesar de tudo, curti dançar e amar profundamente a vida e a luz do sol do amanhecer. Porque um fiapo não deixa de ser um fio, e algo bom vai sair de tudo isso, pensava; e num diálogo demencial eu me perguntava: você não pode aceitar que uma garota de quem você gosta não te dê bola, você não pode ficar quieta um minuto, você já quer capitalizar isso e lhe dar um significado na sua vida, transformando-o num texto? Não, não, não é assim, respondia. Não tenho paz, respondia. Não tenho paz, não posso ter, e isso é bom. Terei paz no dia em que estiver morta, e até o último minuto da minha vida serei atravessada pela inquietude de romper com as palavras da clandestinidade. Porque, como disse Walsh, o verdadeiro cemitério é a memória.

Lido na Casa Brandon, outubro de 2019.

a saia grande

Estou ouvindo "Trátame suavemente", de Daniel Melero, do álbum *Piano*, com Vainer de pianista. Escrevo com o olhar baixo, com gesto de pianista ou de autista. O piano é a única música que consigo suportar, tem um volume calmante, total. "*Tu comportamiento es el que te dicta a cada momento. Esa inconstancia no es algo heroico, es más bien algo enfermo*", diz a canção. Escrevo com o olhar baixo pelo cansaço e também porque preciso olhar as letras do teclado. Quando escrevo "teclado", vejo o "t", vejo o "e", vejo o "c", vejo o "l", vejo o "a", vejo o "d", vejo o "o". Não quero olhar o monitor. Olho as teclas pretas, as letras brancas, como se escrevesse num caderno. Mas não posso escrever num caderno, porque é um segredo, e os segredos se escondem melhor entre arquivos, em pastas com nomes variados; guardo isto que escrevo exatamente na metade de um arquivo velho datado de faz mais de quinze anos, e que nem sequer sei quando começou a existir, e nele se narra uma história na qual tudo é superficial. Gosto de entrar num arquivo já usado, cortá-lo pela metade com um conteúdo novo, dar voltas na moldura de um texto velho que nunca verá a luz. Me sinto como uma bola, escrevo enroscada como uma cobra, palpitando no meio de rochas frias, dormindo à sombra por um longo tempo, pra depois sair ao calor, à luz do sol.

Eu te dizia há poucos dias que numa frase sua encontrei algo que eu gosto acerca da literatura, e é que existe uma força que nos move a viver, que nos move a escrever, mas que ao abordar um papel em branco o que sai é algo que não tem nada a ver com essa força que nos fez pular da cama pra pegar a caneta. Ao abordar o papel é outra coisa que aparece. De modo que na escrita sempre se começa do zero. E ao começar se interrompe completamente o que se pensou, sonhou, e isso que sonhamos poderia até aparecer no desenvolvimento do texto, mas de jeito nenhum pode se fazer presente no início. O que se sonhou ao longo das noites, no banheiro, na névoa de um banho quente, *poderia* aparecer de novo no centro do texto. Procurando, rodeando com palavras, prepara-se o território pra sua aparição. As palavras são um espaço que receberá o que esperamos conseguir dizer. Eu pensava, como sempre, muitas coisas sobre isso, mas como dizê-las? Como encadeá-las aqui? Poderia levar quatrocentas páginas, como foi com Levrero, em *O romance luminoso*, como eu te dizia, pra conseguir que a cena que ele queria narrar tivesse sentido, que esse encontro com um cachorro de campo, no mato, tivesse uma razão de ser, um cachorro que olhou pra ele um segundo e depois virou a cara, poder expressar com palavras limpas que nesse gesto ele viu Deus e entender que Deus existia e estava falando com ele, que mesmo de costas, mesmo virando a cara, Deus existia.

Você sabe que quero te dizer milhares e milhares de coisas. Milhões e bilhões e trilhões, mas serei paciente, como combinei com a María, a minha terapeuta.

Está chovendo e falta um dia pra te ver de novo. Faltam exatamente vinte e quatro horas, sei disso porque são nove e trinta e seis de uma quinta. Amanhã, exatamente a essa mesma hora, faz uma semana que me apaixonei por você. A María, a minha nobilíssima terapeuta, jamais me impôs isso de que eu preciso, isso de ser calma nesta paixão. Ela não o tratou como um dever ser; pelo contrário, ela achou que eu estava tranquila. Tudo começou quando no início da sessão a María me disse que estava adorando o meu livro e que ainda não tinha terminado porque guardava um pouquinho pra cada dia, e que ela, antes de terminar um livro do qual gostava, começava de novo. Eu não estava nem um pouco interessada na sua experiência com o meu livro; comentei com ela que um ouvido meu estava ficando tampado e ela riu:

não me interessa esse livro, acrescentei, e depois comparei sua maneira de curtir o livro com a minha terrível ansiedade. Essa ansiedade, que estava me matando, tinha a ver com a vontade de te ver de novo. Mas algo começou a pulsar, e era que eu, assim como a María, que dosificava a leitura, mesmo sem saber que uma semana passaria antes de te ver de novo, decidi, e te disse em primeiro lugar, dosificar os meus dias, dosificar a minha vida, lendo cada dia um pouco dos teus textos. Esses dias escrevi: "Te conhecer é um vício bendito. Eu acreditava ter a maior das sortes, mas não tinha, até que um dia te conheci: você estava jogando futebol num campinho forrado de pó. Bendigo a minha sorte, e beijo agora, na minha lembrança, essa terra bendita".

Agora estou tão fraca que parece que vou morrer. Poderia ter ido dormir pra estar fresca amanhã de noite quando eu te vir, mas devo e preciso me reencontrar com você desta maneira, te escrever era a forma de coroar esta semana na qual me encontrei com você através das palavras. Quando expliquei isso à María (que eu te amava, e como tinha te conhecido), expliquei a ela que, como boa viciada, estava dosificando as minhas doses diárias de você. A María me parabenizou, me disse que ser ansiosa era algo do passado, que dosificar, ser medida, te amar aos poucos, dure o que durar, era o meu presente. Juntas construímos esse objetivo a curto prazo, que era te expressar, ao meu modo, os meus sentimentos, e antes de mais nada, esperar pra te ver pessoalmente (amanhã, sexta, se Deus quiser), pra ratificar o que sinto por você e ver o que você sente por mim. De qualquer maneira, eu, ajustada loucamente ao tempo e à feroz rotina que me imponho a cada dia, senti mais uma vez a ansiedade de te contar isto agora mesmo, antes de te ver, pra não esquecer a loucura que foi esta semana, porque quem sabe o que acontecerá amanhã.

Reconstituo esses dias: a primeira coisa que amei, faz seis meses, foi o seu rosto e o seu cabelo. Você estava iluminada pelo sol através do pó de um campinho onde você jogava futebol com uma cerveja na mão. No meu diário, escrevi: "Quando te vi pela primeira vez, perguntei a Paula: Quem é essa garota? Porque eu não sabia o seu nome e tinha me apaixonado, mas não sabia o seu nome".

Depois, faz seis dias, de noite, uma lâmpada artificial te iluminou. A gente se encontrou pela primeira vez cara a cara na rua, na porta da oficina literária, e fomos comprar cerveja num supermercado chinês. Eu estava com o seu livro na mochila, levei pra você dedicar pra mim (dedicatória e assinatura que mais tarde beijei). Uma hora eu peguei, desajeitadamente pedi pra você dedicar pra mim, e nada ainda, embora estivesse bastante nervosa, porque acho que nem te agradeci, mas o que teve de acontecer mais tarde foi sentar do seu lado num sofá e compartilhar a sua proximidade por uns minutos. No meu diário, anotei: "Depois, te vi de novo de perto, ficamos sentadas um momento no mesmo sofá, e ainda não sabia que te amava, mas alguma coisa eu sabia, porque estávamos ao lado de uma mesa alongada, e eu apontei e comentei: essa mesa seria uma cama perfeita!".

Mas o que teve que acontecer pra eu me apaixonar definitivamente foi escutar você lendo os seus diários nessa noite na oficina, e depois ler sozinha os seus poemas, e, ao fazer isso, recordar o seu rosto. E no seu rosto o sol, o seu corpo jogando futebol no pó do verão. Depois somente uma ansiedade atormentada, querer te ver outra vez, e um desespero total por te conhecer.

Então entra aqui o assunto da saia grande. Depois de te conhecer, na sexta passada, no dia seguinte, sábado, dediquei o dia a te amar. Passei o dia bem perto dos seus manuscritos, o diário que você leu na oficina literária, e espalhei essas folhas de papel misturadas no edredom, arrumei-as, reli-as. Também estive bem perto do livro que você tinha dedicado pra mim, segurando-o contra o peito e beijando de vez em quando a dedicatória, cheirando a tinta que você derramou em nossos nomes. No domingo, desesperada, não tinha mais nada pra ler. Então, nesse domingo de noite, em que chovia muito, eu estava no aniversário da Eugenia, e ali eu ia me encontrar com a Silvia, que tinha feito uma saia pra mim, para o lançamento do meu livro, uma saia feita com uma cortina com grandes quadrados coloridos dos anos sessenta, que eu pedi pra Silvia, que é uma mulher Waldorf, em troca dos meus livros, sem dar pra ela um modelo a seguir.

Nessa noite do aniversário da Eugenia, eu estava louca olhando o telefone, escrevendo pra você no Instagram pra te pedir pra me mandar por e-mail o resto dos seus manuscritos, "porque eu queria ler durante a semana", eu dizia, e isso ficou no meu coração: a ideia de que "na semana estaríamos juntas de alguma maneira", e nesse momento Silvia me mostrou a saia pra me consultar sobre uma dúvida, que era se não tinha ficado bojuda demais. E a saia era muito bojuda. Era tão grande quanto uma bolsa. Mas como eu estava louca e tudo era vai que vai, disse a ela que a saia estava incrível, e Silvia me fez experimentar pra medir em que lugar da cintura colocar uns grampinhos. Experimentei sobre a calça, no meio da sala, e os poucos convidados da festa me olharam, e eu mesmo me olhei no espelho e eu achava a saia completamente viável. Eu só fazia bisbilhotar o celular de maneira mal-educada, esperando encontrar uma selfie sua, uma mensagem. À minha volta, todos os amigos da Euge festejavam, e eu também, sempre pela metade, entre a vida e o celular, o seu namoro recente com um ex-executivo da Lego, e num momento, você, bendita seja, tinha me respondido. Você me disse no Instagram que me mandaria o manuscrito que completava o seu diário.

Mas no dia seguinte, segunda-feira, minha caixa de entrada estava vazia. É claro que, selvagemente, ataquei pelo Facebook outra vez. Consegui o que queria. Não só pude conversar com você no chat em breves parágrafos, mas receber o e-mail que tinha em anexo o arquivo desejado, que me alimentaria de você durante a semana, e que resultou ser um Word de cinquenta e nove páginas. Enquanto esperava o ônibus nessa tarde, pegando um frio horrível, devorei muitas dessas páginas, que me apaixonaram ainda mais perdidamente por você. Encarei uma desculpa pra te escrever e falar com você: contribuir com correções e comentários ao seu manuscrito. E era uma boa razão na realidade, porque era uma escrita que me enchia de ideias. Passei com o seu texto as noites seguintes, que me escapavam como o tempo, então na quarta não aguentei e te escrevi de novo um e-mail dizendo que a sua escrita era vital pra mim. Esperei loucamente a resposta, que chegou às seis da tarde, e nela você se mostrou agradecida, mas você não parecia me amar. Nesse dia, nessa quarta, quando você ainda não tinha me respondido, foi o dia que fui buscar a saia. Fui à porta da escola Waldorf, onde estudava o filho da Silvia, e ao ver a Silvia com a bolsa na mão, compreendi de longe que essa saia era inviável.

A saia ocupava uma bolsa inteira de supermercado, em forma de bola, e a ideia de que os dois grampos da cintura pudessem segurar esse peso era em si mesma uma metáfora da precariedade. Nesse momento, eu estava decaindo a passos agigantados, tristíssima por suspeitar que você não me amava. Então, voltando ao trabalho, peguei a bolsa entre minhas mãos e a abracei. Abracei a saia como se te abraçasse, e o sol saiu. Caminhei assim, pela calçada com sol, como se caminhássemos juntas. Eu a abraçava forte, a saia era uma bola calorosa, muito mais do que um gato, e podia apertá-la o quanto quisesse sem que escorresse dos meus braços. Depois fui ao banco e tirei dinheiro, fui a uma loja famosa de roupa íntima e comprei um pijama verde água, que é um pijama que só você vai ver, e que se nada acontecer entre nós, ninguém nunca mais vai ver.

Então, penso, o lance disso tudo é ver a luz. O que é necessário pra ver a luz? Só Deus sabe.

Eu estava tão pra baixo que até pensei que te amar era uma fantasia, mais uma desculpa pra escrever, uma pena, em concomitância com o aniversário da morte do meu pai, e inclusive pensei em não falar desse assunto com a María, porque elaborar isso seria encontrar uma razão pra esse amor, e que assim ele se perderia. Mas como minha fé é grande, fui adiante, e nessa quarta-feira, fomos à manifestação contra a redução de pena 2x1 para os crimes de repressores da ditadura, e por coincidência um amigo tirou uma foto minha junto do Gre com a bandeira do orgulho, e eu, que não coloco muitas selfies no Instagram, me alegrei, porque pensei que, se você gostasse de mim, você se interessaria por ver uma foto da minha cara com a bandeira do orgulho como fundo. Mais tarde falei com a María e combinamos de ir devagar. Ela me animou na minha maneira de encarar as coisas, disse que eu não era nem um pouco insistente, que na minha forma de comunicar o meu desejo eu mostrava um vazio a ser preenchido, de maneira que não encurtava o caminho do desejo do outro, nem o obstruía, mas abria um caminho em direção ao outro. E me pareceu absolutamente verdade, porque essa foi a maneira como cheguei a ter um filho. Fazendo um vazio, abriguei alguém que foi preciso criar do zero. Fiz um poço, como um cachorro, mas não fiz esse poço pra preenchê-lo, nem com um filho, nem com você; eu simplesmente imaginei que poderia abrigar o meu filho nos meus braços, um pouco, como também imaginei que poderia abrigar o seu rosto ou as suas mãos nas minhas mãos, num taxi que nos levaria até a sua casa amanhã de noite... Mas esse poço não estava cheio, esse poço era igual a um buraco na rua no qual eu caí uma vez, era um buraco simpático que tinha o mesmo tamanho do meu corpo, e quando caí ali foi como se eu pudesse passar a vida toda nesse buraco, e as pessoas da rua logo esticaram os braços pra me resgatar e eu disse: estou bem, e consegui ficar em pé, porque o buraco era só um pouco maior do que eu, havia uma fenda na qual eu me mexia, saindo e entrando com facilidade. Nessa ideia eu me fortaleci ontem, quarta-feira.

O meu sangue vai perdendo espessura, e essa debilidade parece um bom estado pra terminar esta história. Ainda está chovendo.

Nessa quarta-feira, eu voltei ao trabalho com a saia, me enfiei no banheiro e anunciei o Met Gala, e quando saí pra desfilar com ela rimos às gargalhadas, gargalhadas selvagens e necessárias pra mim. Desfilava com essa imensa saia de tecido de cortina e era a saia mais mirabolante que já se viu no mundo.

Na noite dessa quarta-feira, terminei de revisar e comentar o seu manuscrito. Pronto. Não resta nada a ler. E o que aconteceu na quarta, que é hoje, na verdade, é que deixei o Gregorio na escola e fiz o que eu tinha planejado há uns dias, pra ter a minha dose diária de você: desviei o meu caminho, fui pela Sarmiento e fiquei um tempo dando voltas na esquina da sua casa. Eu tinha me aproximado da região com a consciência total de me liberar da adrenalina, porque me aproximar de você era como me aproximar de um santuário; eu te imaginava dormindo, sem saber que eu era a guardiã dos seus sonhos, e, claro, também imaginei que talvez você saísse cedo, com o seu capuz lindo, e a gente se visse. Eu me detive na esquina, e todas as pessoas corriam com seus afazeres, menos eu, na localização do Hospital Naval, que, pelo que você tinha me contado, ficava do lado da sua casa, fiquei um tempo por ali. Eu me penteei, me olhando no vidro de um carro. Tirei uma foto da tempestade no Parque Centenário e coloquei no Instagram pra te dar um sinal de que tinha passado pela sua casa. Tudo sem pensar, claro. E tenho pra mim que você viu e me respondeu, porque às onze você colocou uma da escuridão da janela fechada do seu quarto, como quem diz: enquanto você estava lá fora, eu estava aqui dentro, te esperando, na minha cama. Eu sei! Depois postei a minha selfie com a bandeira do orgulho, claro sinal de que te amo. E você deu um like.

Ou seja, esta semana foi como se estivéssemos juntas todo dia.

A respeito de ontem, quarta, e de hoje, quinta, eu anotei no meu diário:

"Te amar foi o que tinha que acontecer desde o início. Agora já estou pronta pra morrer. Hoje, enquanto fazia manobras loucas na bicicleta, me surpreendeu não ter medo de morrer".

Sim. Hoje quase fui atropelada por um ônibus que me fechou pela direita. O motorista se surpreendeu por eu insistir em passar do lado dele, arriscando a minha vida. Eu olhei pra ele. O que você quer que eu faça?, perguntei a ele. Me esquivei dele, ficando do lado direito do ônibus. Ele começou a falar comigo e eu virei a cara. Um rapaz, atravessando a rua, me disse: o motorista está falando com você, e eu também virei a cara pra ele. Virava a cara pra tudo, pensava em morrer, porque hoje te mandei finalmente por e-mail o seu manuscrito com todos os meus comentários, em que se nota claramente que no meu coração há um grande espaço pra você, mas você ainda não me respondeu.

Finalmente, já faz um tempo, ao voltar pra casa, vi o seu e-mail, neutro, dizendo somente que você tinha recebido o texto, mas ao menos fiquei feliz por saber que logo você leria os meus comentários, que haveria mais palavras entre você e eu, e nesse e-mail você me confirmava que amanhã, sexta-feira de noite, vamos nos ver na leitura de Mujre, e que você levaria pra mim o seu livro que eu ainda não li. Uma semana completa terá passado e ainda restarão pra mim palavras suas.

A respeito da saia grande, tive que cuidar de questões domésticas e não consegui dar pra minha vizinha, pra ver se tem salvação, mas é possível também que eu mesma a descosture e costure de novo pra ter o que vestir no lançamento do meu livro, mas isso demoraria demais; muitas coisas são possíveis, na realidade, mas agora só você me importa, e com certeza as palavras não importam.

A respeito deste conto, o mais provável é que logo ele veja a luz, já que num ponto o nosso amor se decide amanhã, e é possível que quando eu o leia, num evento talvez, você esteja ali, você me escute, e se assim for, eu vou querer te dizer publicamente que eu te amo.

Lido no ¡Mujre!, resistencia creativa feminista. San Telmo, julho de 2017.

rosas e adidas

Uma vez, eu estava dando aulas de espanhol pra estrangeiros numa universidade, e precisamos ocupar uma sede que era uma casa mal-assombrada, na rua Marcelo T. de Alvear. Era uma casa antiga, de dois andares. A entrada era o que tinha sido a garagem, e o que tinha sido a cozinha agora era a lanchonete. Os banheiros, no primeiro andar, tinham azulejos de cor pastel. Ficamos sabendo quem tinha morado ali: uma família com dois filhos. Os pais ocupavam o primeiro andar e os filhos, o segundo. Nossa sala era o quarto da menina. E é claro que uma vez a porta se abriu sozinha, misteriosamente sozinha. Nessa sala, um aluno alemão tentou me ensinar a pronunciar a palavra "Adidas". Esse aluno estava transtornado porque todos os seus colegas eram americanos e ele os desprezava muito. No meio de uma conversa na qual falávamos sobre como pronunciar algo, comentou que ninguém, ninguém mesmo, pronuncia direito a palavra "Adidas". Eu senti que devia tentar e pedi pra ele repetir a palavra. Então ele disse: "Ádidas". "Ádidas", eu repeti. Não, não, ele disse: "Ádidas". Mais tarde, eu soube que o criador da Adidas era um homem chamado Adolf e que o sobrenome dele era Dassler, por isso a companhia se chamou Adi Das. Então entendi a pronúncia: eu não devia acentuar o *a*, mas separar um pouco o "Adi" do "Das". Adi-das. Acho que agora eu sei pronunciar e eu gostaria que esse europeu desgraçado e miserável, rodeado do que pra ele era a chaga humana americana e sudaca, soubesse que tem alguém que pronuncia direito essa palavra, embora, claro, ele não mereça.

Eu me perguntava, enquanto pensava em escrever algo pra ser lido no lançamento deste livro, por que supostamente é melhor falar de alguma coisa sem dizê-la. Eu me perguntava, por que pra muitos parece criticável que outros expressem o amor pelos seus gatos no Facebook? Por que é errado criticar os amigos, na presença ou na ausência deles? Claramente, não se deve dizer tudo, e quando a avó ou a mãe da família morre, ninguém se entende mais com ninguém. Como dizer alguma coisa? Se pudéssemos dizer alguma coisa, assim, sem mais nem menos, não teríamos que comprar rosas ou tênis Adidas.

As rosas e a manufatura dos tênis Adidas devem ser bonitas assim porque estão cheias de significados: amor, fortaleza. O significado parece mais forte quanto menos explícito, é algo que poderia ser tudo pra todos. Mas com isso não se ganha muito. Você pode amar ou odiar rosas ou

Adidas, também uma bandeira ou uma cruz, e ao tomar partido, você vai ficar de fora de outro grupo. Fora dos que amam ou fora dos que odeiam as rosas, Adidas e as coisas que geram tanta controvérsia. E, ao fazer isso, você não terá o direito de entrar e sair. Não pega bem dizer "não sei" ou "não estou nem aí".

Do que eu estou falando? Que triste é ter que dar explicações com exemplos.

E se eu dissesse alguma coisa acerca das minhas amigas? Se eu dissesse:

Delfina Korn: você é ouro em pó. Às vezes falo de você pra alguém e digo que você é ouro em pó. Não consigo imaginar um cara que chegue a teus pés.

Paula Peyseré: uma vez você me ensinou que não devo passar as camisas do meu marido e eu te serei grata não só hoje, mas farei todos os meus descendentes saberem disso; o seu saber é transcendente.

Julia Sagulo: com vinte e três anos fomos a um aniversário no My Way e você quebrou o calcanhar antes de dar um passo sequer sobre o gelo. Eu nunca vou entender o que aconteceu. E faz vários anos que no Natal a gente cozinha crostoli, as frituras da Itália que você aprendeu com a sua avó.

Eve Courrier: não consigo acreditar que, sendo francesa, você tenha usado por dez anos, de casada, o sobrenome do seu atual ex-marido. Ao mesmo tempo, celebro que você tenha se casado com um proprietário de terras e tenha querido se transplantar a uma fazenda no pampa argentino, porque acho a França o país mais detestável do planeta. Embora a sua vida se desenvolva entre as vacas, a tantos quilômetros de Buenos Aires, ao menos você não está na Europa.

Magalí Etchebarne: ser a sua cunhada foi a melhor coisa da minha vida familiar. Acho o seu livro de contos uma obra prima, contos que resolvem múltiplas questões da literatura dos séculos XX e XXI.

Francisco Garamona: sabe que eu sempre achei que você é como um padre? Também sei de alguns que dizem que você é um xamã. Pouco tempo atrás, do nada, você percebeu o meu karma, que é ter os pés pequenos demais. Te escutando ler poemas, faz onze anos, Martín e eu dissemos: é como um padre. É como se você quisesse reconciliar o mundo. Até quando você critica alguém você diz isso com um tom que convida a perdoar.

Cecilia Pavón: um dia, faz muito anos, a gente se encontrou na rua Florida. Você estava com outra pessoa e me perguntou: você está escrevendo? E isso me deixou de péssimo humor, porque eu achei que houve um gesto condescendente, como se eu fosse menor e você maior, e tivesse que se preocupar se eu escrevo ou não. Eu faço o que eu quiser, pensei. Ninguém tem que me dizer o que eu devo fazer.

Mas será que eu estaria dizendo realmente isso? Não. Com certeza estou dizendo outra coisa, mas não posso dizer, porque se dissesse eu ficaria fechada numa ideia muito simples, e as pessoas ficariam muito entediadas, porque depois de decidir se concordam ou não com a minha ideia, a diversão acabaria. Já, discutir o que eu quis dizer, pra depois poder estabelecer se concordam ou não com a ideia, é muito mais divertido, em parte porque não discutiriam se concordam com a ideia ou não, mas o objeto de discussão passaria a ser, em primeiro lugar, a crítica da forma como ela foi expressada.

Na realidade, eu me desviei; queria falar sobre uma rosa e tinha tudo na cabeça. Mas, como estou tentando explicar, nunca dá pra dizer o que a gente quer. Assim que consegui nomear a rosa como exemplo de algo, não disse nada sobre ela. Eu devo introduzir então essa história do nada, uma pobre história, tirada assim, da cartola. É a história de uma mulher a quem dão de presente umas sementes de uma flor que é uma camélia, e ela as planta, mas não nasce uma camélia: nasce uma rosa. Mas na sua cabeça, nunca existiu a camélia, pra ela essas sementes eram de uma rosa, porque essa era a flor que vinha desenhada numa embalagem vintage que uma amiga comprou num antiquário de San Telmo, e ela lhe deu de presente porque o nome dessa flor, *Camelia japonata*, era o mesmo nome de uma playlist de Spotify que essa garota tinha, e ela tinha batizado essa playlist assim porque tinha tirado esse nome de um quadro que estava na casa de uma ex-cunhada, e nesse quadro dizia *Camelia japonata*, mas o que ela via não era uma camélia, mas uma rosa. Pra ela, era uma rosa, não uma camélia, então ela plantou essas sementes, e ela tinha uma mão boa para as plantas, mas por mais que na embalagem estivesse escrito Camélias e a playlist de Spotify se chamasse *Camelia japonata*, o que saiu foi uma rosa. Ela, por sua vez, deu a rosa de presente para uma amiga, sua amiga a transplantou na sua varanda, como tinha querido por anos e anos, e aquilo, por diferentes motivos, foi o início de uma nova etapa pra ambas.

Eu não queria que contar isso assim, o transplante de uma flor bela, belíssima, a flor mais bela que existe, que é a rosa, fosse lido como metáfora de nada, queria fazer como a Maga: contar um fato que não é metáfora de nada, mas que é um fato que faz uma pessoa, na sua vida, compreender algo importante. No entanto, pra mim, o importante não é nenhum fato, nem nenhuma verdade: neste momento o importante é poder dizer algo em voz alta. Dizer o que eu quero, e mais nada.

Quero dizer alguma coisa e que isso seja literal, e não que os meus sentimentos ou as minhas ideias fiquem escondidas por aí, esperando que alguém venha interpretá-las, porque interpretá-las, criticar a forma como essas ideias foram expressas, sequer seria um gesto atento a mim ou ao texto, seria, eu sei muito bem, um mero me associar a um grupo, a certo pensamento que se associa a um grupo, como os que amam ou odeiam rosas e Adidas. E os grupos importam enquanto os membros se escutam entre si, ou ao menos compartilham coisas que fazem com que o que eles dizem possa ser bem interpretado, assim como ocorre com a linguagem segundo Chomsky, que são meros interruptores de opções binárias que vão se fixando. Mas não poderia ser que duas pessoas se confrontem e falem, cara a cara, sem serem membros de um grupo, e se escutem com respostas abertas, não binárias? Poderia ser.

Aquela garota sabia que a outra gostava de rosas, que as amava profunda e desesperadamente, e que fazia tempo que ela se queixava de que poderia cultivar rosas na sua varanda, mas que não tinha espaço suficiente; a garota foi benevolente e lhe ofereceu sementes. Mas eu, ela disse, primeiro as farei brotar, e quando forem plantas, será mais fácil pra você transplantá-las. As duas garotas compartilharam uma mentira, uma grande mentira (e é que essas flores não eram rosas, mas camélias); eu sei que você ama as rosas, a garota disse, mostrando para a outra o envelope em que se lia *Camelia japonata*; sim, eu amo, amo de verdade e de todo coração, a outra respondeu, olhando a foto da embalagem; perfeito, a outra disse, então, eu farei uma muda e te darei quando crescer. A outra garota começou a sentir uma forte emoção, começou a pensar nessa rosa (na rosa, na roseira, na rosa, e não, é claro, numa camélia), e se viu andando na rua murmurando um ritmo, imaginado que na rua encontrava o Jude Law, um rapaz charmoso, romântico, mas que Jude não cortava o devaneio dela em voz alta, Jude somente passava e olhava pra ela e a guardava na memória dele, enquanto ela dizia: sou invadida pelo desejo de ter uma rosa, uma rosa pra mim, uma rosa bela na minha varanda, e que nos dias de sol eu me debruce pra poder vê-la, cara a cara na cidade, neste quarteirão cinza cheio de smog, uma rosa como a do Oscar Wilde, e que pra ela esta cidade não seja feia; a rosa com o mesmo caráter, como se desenhado de perfil, angulada como num desenho dos anos 80, não em mãos de um amante, mas de um vivente, num vaso, bela como uma senhora que anda pelo corredor da igreja no dia do casamento do seu filho e estende os seus braços pra ele, pra abraçá-lo depois da cerimônia; séria, como uma senhora que cobre o joelho com a saia; uma rosa, uma rosa pra mim, e que sempre viverá, e é possível que eu estude as suas características e necessidades, partilhando com esse cuidado certa energia vital. Amas uma rosa? Como isso é possível?, você se pergunta. Ela te dá beleza? Não, não é isso. Ela é muito linda, sim, mas eu a vejo antes como uma boa amiga com caráter, alguém que poderia te responder uma dúvida, inclusive se fosse uma equação. Você contaria a ela um segredo, comentaria as proezas do gato e falariam sobre o teu carinho pelo teu Adidas? Sim, eu poderia falar com ela; poderia lhe dizer em quatro palavras coisas justas, coisas sobre amigas, sobre a vida, coisas que não é possível escrever.

Lido na livraria La internacional, no lançamento do livro Ja ja ja, *abril de 2017.*

untitled document

Entro nos arquivos compartilhados e por toda parte vejo arquivos compartilhados com você. Procuro o arquivo que abri pra falar sobre a nossa relação e logo me dou conta de qual é: ele se chama "Untitled document". É um arquivo que não tem nome. É um arquivo sem nome no meio de arquivos desarrumados; o drama de não conseguir classificar.

Compartilhamos a maioria desses arquivos nos últimos meses. Eles tratam do nosso projeto em comum e têm títulos de todo tipo; títulos ambiciosos, como "Programa da oficina de leituras feministas"; tateantes, como "Notas sobre Juana Manso"; e repetidos, como no caso de "primeira aula" e "1ª aula".

Acho que o meu favorito é "linha cronológica", e se eu o abrir, certamente vou encontrar uma nota que deixei pra você, te dando parabéns por você ter tido a ideia de criar uma linha cronológica. Vou me certificar. Sim, antes da linha cronológica que você criou, diz:

Ahhhh te amo
Façamos linha histórica no Power Point!!!
Fundamental.

Dá pra notar que nesses arquivos deixamos nossas opiniões acerca do que estamos fazendo e, quando dermos esses arquivos por acabados, vamos apagá-los, sem importar que o conteúdo se perca, porque nossas opiniões já encontraram o seu caminho. Mas apesar dessa informalidade, da fragmentariedade, a gente se virou com esses arquivos de maneira eficiente, levando adiante o nosso projeto. Por vários dias realmente vivemos dentro desses arquivos, e muitas vezes trocamos mensagens neles, pra jogar fora ideias e tarefas pendentes, tarefas que sempre cumprimos, objetivos que nunca desapontamos.

No entanto, o arquivo no qual eu comecei a escrever sobre nossa relação não tem título e, apesar disso, imediatamente eu o reconheci, justamente porque era diferente de todos; era, entre todos os arquivos nos quais nos movemos nos últimos tempos, o que não compartilhamos. Não sei por que ficou sem título, certamente pela desordem e pelo caos nos quais nos movemos nas últimas semanas; e é engraçado que eu fale assim, como se nosso projeto tivesse se completado, quando na verdade não chegamos a cumprir nem vinte e cinco por cento. Na verdade, por causa da desordem na qual nos movemos nas últimas semanas, não tenho ideia da extensão do nosso projeto, então nem sei que porcentagem completamos.

Nos meus arquivos no computador, tenho um sistema eficiente pra intitular os meus arquivos: escrevo seis cifras, duas são o ano, duas são o mês e duas são o dia, e depois o tema. O de hoje seria, por exemplo, 180914_Untitleddocument. Mas pra esse arquivo, que deixei na pasta de compartilhados pra tê-lo à mão no trabalho, pra esse arquivo no qual me propus a falar da nossa relação, não dei nome, porque era um trabalho em processo, e ele estava tão em processo, por causa da desordem na qual nos movemos nas últimas semanas, que quando o abri agorinha, percebi que somente tinha escrito três linhas, que são as seguintes:

O mau humor. O mau humor é enorme, é uma raiva que adoece, que decidi aceitar sem reprimir. Ao chamar isso de mau humor o diminuo, tornando-o algo passageiro, quando na verdade é uma emoção que chegou pra ficar.

Eu queria começar a falar do que sinto por você, mas a situação do momento em que criei o arquivo foi mais forte. É terrível o que estou dizendo, é exagerado também e, no entanto, sei que, se te dissesse isso pessoalmente, você riria às gargalhadas, faria festa pra mim, e obviamente eu me contagiaria, e a gente riria e se comunicaria, na forma mútua de falar entre a gente, que é a de nos admirarmos. Você compreende, de maneira cabal, que o terrível pode ser patético e divertido, e isso é único. Você é única, porque você poderia dizer: ai, que exagerada, ou dizer: ai, eu te entendo tanto... E eu não sentiria que você não está entendendo nada. Mas você nesse fragmento vê algo de genial, e você me diria: "é genial", e eu concordaria com você e a gente riria duplamente: pelo fato em si e pelo riso de compartilhar. Você riria às gargalhadas, segurando a barriga; eu mexeria a pélvis pra frente, partindo o corpo em dois, sacudida pelo riso.

Uma vez a Mónica me contou uma história terrível. Quando ela era jovem, tinha uma amiga íntima com a qual compartilhava um monte de projetos literários; eram projetos importantes, como traduzir uma autora inglesa e feminista que ninguém conhecia, por exemplo. A Mónica naquela época tinha publicado um livro de contos. Um dia sua amiga morreu, e essa foi a grande dor da sua vida. Foi como se ela mesma tivesse morrido. Ela não disse isso, mas deu a entender, de tal modo que não havia dúvida, e isso é corroborado pelo fato de que, pelo resto da sua vida, ela não teve nenhum projeto literário, nem próprio nem compartilhado, até poucos meses atrás, quando publicou um romance acerca do seu pai, depois de vários anos de ser avó, acho, por sentir saudade do tempo livre de não tomar conta de ninguém, imagino. Essa parte eu invento, mas pode ser. E o que pode ser, quem se atreve a impedir que eu o diga? Mas de uma coisa estou certa: de que a morte de sua amiga foi uma verdadeira tragédia. Eu me lembrei dessa história recentemente, e pensei: e se a Paula morresse? O que eu faria? Com quem eu falaria de literatura? Quem poderia se motivar com um verso ou um conto, quem poderia ter ideias precisas, que decolam, arriscando hipóteses gratuitas e gráficas, quem levaria a sério tal autore, quem riria às gargalhadas com metáforas quaisquer ditas ao acaso, quem faria caricaturas dos seres que rodeiam nossa vida? Quem provocaria, a partir de um livro lido, sentimentos em mim, vontade de viver? Por não dizer, quem escreveria um livro em que o som oclusivo ocupe tudo pra assinalar com cada corte de verso as partes do corpo das pessoas que enfeitam com a sua inteligência e ofício florescentes cenas de um passado medieval? Agora sim você não riria se eu te dissesse isso. Porque seria um verdadeiro desastre não estarmos juntas.

Você é a pessoa com mais maquiagem no armário do banheiro e menos maquiagem na cara. A pessoa com menos livros na estante e mais recursos bibliográficos. Você é a pessoa que não reprime, e escuta. É a primeira pessoa que entendeu a dimensão do desastre quando, no 8 de agosto, a gente perdeu a lei do aborto, e foi graças ao seu lamento no Instagram que eu pude derramar a minha primeira lágrima naqueles dias terríveis e começar a me acostumar com a ideia de que percorreríamos um luto muito duro, mais duro talvez do que outros lutos, porque supostamente esse luto poderia ser coletivo e, no entanto, rapidamente se viu que não era assim, que ninguém queria nem podia lamentar ou chorar, aceitar a dimensão catastrófica dessa derrota; só você foi sincera e completamente aberta ao contar a sua tristeza publicamente. Por isso sou livre quando estou na sua casa e lanço sem temor emoções transbordantes. E ao dizer isso, já escuto as reclamações de algumas pessoas: ah! Eu achei que você fosse ler algum conto divertido que permitiria que eu me evadisse, talvez, desta triste realidade sem ministérios. Que raiva me dá que me reprimam! Este é o meu Ministério e é o Ministério dos Sentimentos. Só me faltava a essa altura do campeonato que alguém tivesse que vir me dizer o que tenho que fazer, o que tenho que sentir, o que tenho que escrever! Isso é verdadeiramente o cúmulo de todos os males. E certamente você vai concordar comigo.

Faz anos simpatizei com o Germán. Eu gostaria de ser amiga dele, pensei. Com o passar dos anos, notei com assombro que éramos amigos. Como o tempo passa!, pensei. O meu desejo ao conhecê-lo tinha se cumprido. Embora não tenhamos chegado a ser amigos íntimos, a passagem do tempo fez com que compartilhássemos experiências que só nós conhecíamos. Éramos amigos por acúmulo de anos. Tenho, por exemplo, uma foto sua ensopado numa piscina, e nessa foto ele tem só vinte e dois anos. Somos amigos porque, quinze anos depois, ainda continuamos aqui. No entanto, quando nós duas, aos vinte e três, nos conhecemos, eu não tive desejo nenhum de ser sua amiga. Você era a mesma pessoa que eu. Era a mesma pessoa que hoje. Perambulávamos pela sala principal de Belleza y Felicidad, comentando uma mostra; perambulávamos de lá pra cá, livremente, falando e sem falar. Vagávamos, as duas, pela sala. Depois, eu te contei que sempre me lembrava dessa cena, do dia em que nos conhecemos, que essa tarde já senti que éramos amigas.

Quero dizer muito mais do que isso, muito, muitíssimo, tanto que essas vinte e quatro horas se tornam um imenso sei lá. A casa é uma bagunça, o meu cinzeiro é um prato com têmperas endurecidas das cores primárias; detesto es minhes gates, e não vejo a hora de o verão chegar pra que possam estar na varanda, sem que eu os veja nem os escute; todos os incômodos são o resto de praxe, dejetos que poderiam ir parar num diário íntimo, coisas desconexas, aleatórias, informes, que só cabem num lugar onde nunca peço desculpas pelas minhas ideias serem tão desordenadas, mas são coisas que eu poderia transmitir a você em resposta a "Como você está, amiga?". E finalizar nossa conversa de Whatsapp com um "Te esti". Te estimo. É então que você compreende o que tem de significativo na nossa relação? Apago o cigarro e seguro minha cabeça, pressiono o centro da cabeça com os dedos, calculando que, além de um avental, esse que eu tanto gosto de usar pra me sentir acolhida quando estou em casa, poderia também usar uma viseira que cubra minha cabeça e que me proteja também da luz desta tela, que me contenha também, pra sentir que tenho algum tipo de forma.

Acho que amizade e narrativa são uma reunião, reunião de temas de acordo com uma forma, a forma da narrativa, a forma particular de uma amizade. As freiras estão confinadas num convento, acolhidas por um lugar e por um tipo de fé, com um repertório exclusivo de gêneros pra se expressar, como, por exemplo, uma prece, sabe-se lá o que mais. E nós duas? Nosso repertório é muito próprio, e nos arquivos compartilhados está uma chave importante da nossa vida. Também, em nosso projeto de oficina de leituras feministas abrimos esse repertório, essa forma própria de estarmos vivas, pra compartilhá-lo com outras pessoas, e isso gerou um compromisso, o estresse de cumprir com essas pessoas. Devemos fazer isso, devemos compartir com outres pra gerar um compromisso. O compromisso é uma forma. Tínhamos, as duas, uma necessidade de estudar juntas a literatura de mulheres e trans ao longo de vários séculos. Basta um primeiro passo para descobrirmos, só pra começar, que a autora mais importante do século XIX era lésbica e começamos a imaginar que talvez hoje seria trans. Levantamos um véu. E no meio dessa loucura, dessa verdadeira paixão por Juana Manso, o resto das coisas da nossa vida se desordenaram por completo. Como se a forma e o caos fossem sócios perfeitos. Nosso leque de atividades e de formas de nos expressarmos entre amigas se recortou muito, tivemos um dever, um estresse, que também é forma. Esse estresse, bom ou ruim, é o que me faz levantar da cama, muito antes de chegar a hora de ir ao trabalho. Esse estresse me moveu a vida toda e agora se distribui na largura e no cumprimento de nossos arquivos compartilhados.

Esta leitura de hoje, 15 de setembro de 2018, é a minha oportunidade de me expressar. Este Ministério tem forma também, e ninguém vai recortar os meus minutos, como naquela leitura sobre aborto, no Centro Cultural San Martín, quando a organização teve a ousadia de interromper a minha carta sobre lesbianismo, transmasculinidade e xaternidade e me pedir, microfone em mãos, que fosse breve. Este é o meu Ministério. Este é o lugar onde eu me movo, onde nos movemos, em desordem organizada, essas últimas semanas. Se aqui e agora não é a minha oportunidade de dizer o que sinto pela minha melhor amiga, quando será? Tento falar aqui das formas que cada uma encontra pra dizer o que sente.

Esta poderia ser uma noite longa, cheia de tiques, idas e voltas, sem ir embora daqui até chegar a arredondar alguma ideia ou conectar várias ideias pra que de alguma forma eu torne este texto relevante. Amiga, neste momento, em vez de estar estudando pra preparar a nossa próxima aula, estou pensando em nós.

Este arquivo acabou de passar para a clandestinidade. Estou, de novo, tão na merda, tão de mau humor pelo tremendo esforço que me leva a redirecionar a energia pra essas questões. Tanto que a luz da tela me cansa. E eu deixo de olhar pra ela, só olho o teclado. Esta cara, franzindo a sobrancelha, está inquieta; eu não só franzo a sobrancelha, também franzo a boca, franzo o coração. Quanta amargura me dá o fato de que certas atividades e pensamentos sejam clandestinos. Faço todo o possível pra sair da clandestinidade, mas nenhum pensamento se dá sem que eu leve em conta, em paralelo, que esse espaço existe, de fato. Quero dizer que acabei de tirar esse arquivo dos arquivos compartilhados, com desconfiança, pois se a internet caísse eu não poderia acessá-lo A gente sente diferente escrevendo no disco rígido, a uma hora incomum, são cinco e vinte e eu deveria estar estudando para a aula e não consigo. É muito difícil. De noite eu tenho um jantar com amigas, de Ano Novo Judaico, e estou vendo que vou chegar atrasada. Por isso, eu dizia que me sinto clandestina, pois não tenho vontade de manifestar o meu pesar pra ninguém, nem sequer pra você. Porque não tenho energia pra falar. A pouca energia que tenho vai pra tentar ver se posso tirar algo bom disto aqui e agora.

Compreendo agora duas coisas, ne verdade três: 1) faz um tempo comecei uma mudança que se baseia em poder pensar antes de escrever e não durante a escrita; isso tem a ver com eu estar vivendo e já não só sobrevivendo; 2) a garota que se debruçava na varanda, essa com a qual sonhei, ao encontro de quem eu ia, no bairro do Dock Sud, sobre a qual eu escrevi no conto "Doc 1", era eu, no futuro, só que eu não podia me ver porque eu ainda não existia, mas ia a caminho de mim; 3) por último, compreendo que este conto, que fala da nossa relação, é dedicado a você porque você é a pessoa que sabe bem a conexão entre literatura, vida e política, você é a pessoa que poderia valorizar de maneira cabal o sentido desta história: entender que a literatura é futura, e como ela pode se antecipar ao presente mudando nossa vida, e qual é o conteúdo profundamente político que essa relação implica. Antes, eu escrevia pra entender o que eu pensava. Em nossas conversas primava o delírio. Agora sou uma pessoa mais séria, mais comprometida e, portanto, mais feliz. Transicionei. Abre-se aqui um campo de pesquisa sobre literatura e feminismo, e a luta política de séculos em prol da construção de um sujeito coletivo. Não podíamos, como escritoras, não lidarmos com essa tarefa no contexto atual. Abre-se um espaço de pensamento, uma oportunidade em que, como escritoras e críticas, possamos tomar por fim as ferramentas dos estudos de gênero e aplicá-las à literatura que valorizamos.

As grandes correntes críticas, a partir do formalismo russo, beberam do pensamento filosófico de sua época: o estruturalismo, o pós-estruturalismo, as teorias marxistas do romance: por que nós não o faríamos? Em nosso país, a tradição literária indica que es escritorxs canonizados são os que escrevem literatura e crítica, e ao mesmo tempo elaboram um pensamento sobre a realidade política, sobre as maneiras que temos de interpretar a realidade, aqueles que refletem sobre a literatura e o poder: Sarmiento, Arlt, Borges e Piglia foram isso. Juanx Manso foi isso, Alfonsina Storni também. Nós duas, ao prepararmos a nossa oficina de leituras feministas, assumimos esse compromisso. E se concentra aqui, neste nós duas, todo o carinho que sinto por você, ao assumir pela primeira vez num conto a minha identidade trans, conjugada em plural, no pretérito perfeito do verbo *assumir*.

Sinto que, como toda guerrilha, brigaremos por isso em nosso terreno, movides pelo motor de um direito inalienável, que é o de praticar a literatura pensada como futuro. Venceremos!

Lido na Casa Brandon no dia 15 de setembro de 2018 e na Assembleia Popular de Boedo no dia 14 de fevereiro de 2019.

doc 1

Bate um coração, deixe-o bater
Homero Expósito

Se eu tiver que ser cem por cento sincera, a depressão que estou atravessando agora é algo que não tem nome. Em vários momentos, eu pensei: seria bom ser morta pela bala perdida de um ladrão de joias na porta da minha casa. Isso não aconteceu. Aconteceu, em vez disso, que eu quase fui atropelada por um ciclista na porta da minha casa, e torci o tornozelo, nesse que foi, talvez, um dos começos possíveis desta longa história. Uns meses depois, saindo de casa, vi a Naty Menstrual na joalheria da frente e atravessei a rua pra cumprimentá-la. Entrei na joalheria dizendo a ela que gostava dos seus textos. Disse isso a ela com veemência, tirei uma foto dela na qual o que se via em primeiro plano era um gato adormecido sentado na escrivaninha da joalheria. Ela acabou me dizendo: você está me confundindo com alguém. Quem sou eu? Você é Naty, Naty Menstrual, eu respondi. Isso foi o que me aconteceu de mais particular em relação a alguma joalheria. Não morri num tiroteio. E isso que eu paro bastante na porta da minha casa. Antes, às terças, agora só às quintas, mas também em algum final de semana, quando espero pelo Gregorio, que volta da casa do Martín. Eu espero por ele na porta da rua, porque não gosto de receber as pessoas dentro de casa; preciso sair pra ver a pessoa chegando de longe, preciso ver que está chegando, como no campo. Enfim, o que eu quero dizer é que, nos últimos tempos, a probabilidade de que a bala perdida de algum ladrão de joias ou de algum fardado me mate (inclusive uma vez cruzei na porta da minha casa com cinco policiais), quero dizer, a probabilidade de morrer na porta da minha casa por uma bala no coração aumentou um tanto, mas fora do que contei, não aconteceu nada.

Apesar desta depressão feroz, que nenhuma amiga entende, que todas se dedicam a negar sistematicamente, e a ignorar e até a repudiar; apesar de me sentir péssima, por mais que ninguém acredite em mim, e que, pelo contrário, me tachem de teatral e de exagerada, há dias que eu sei profundamente o que eu quero; e hoje estou num destes dias, neste momento particular, glorioso e único, que é o de ter alguma coisa pra dizer. Apesar de estar exausta, apesar da minha casa ser um caso perdido, agravado pela presença da nova gatinha, a Lindita, que luta por conquistar o seu lugar no mundo, vencendo o ódio do Leo, nosso querido gato nascido no dia 16 de outubro de 2016, apesar de estar chapada e bêbada, permaneço aqui sentada, faz mais de três horas, não fazendo nada além de estar aqui: não arrumando a casa, não limpando (como uma bruxa me ordenou, que não trabalhe de noite e coma cereais, o que faço bebendo cerveja, que provém de um cereal, e fazendo algo "criativo" em vez de lavar pratos, como me recomendou, e deixando que as mosquinhas da fruta se deliciem com algum resto de casca de laranja que desponta da lata de lixo), e de fato, o começo desta história me faz repensar tudo, inclusive em vez de escrever o meu diário, inclusive em vez de terminar de ler *Zama*, inclusive em vez de escutar música, faço isso, que é propiciar outro tipo de encontro, o encontro com algum sintagma que me acalme.

Eu falei com a María (a minha psicóloga) e, apesar de eu ficar me martirizando por falar o tempo todo de mim nos meus contos, por começar os contos girando em torno de mim mesma, eu me obrigo a me reconciliar com a minha raiva e a aguentar o meu mau humor, porque, se eu me odiar, não vou conseguir escrever, então eu me acalmo pensando que se eu escrevo assim não é por ser egocêntrica, mas porque não tenho vergonha. Como aquilo que falei com as meninas, ter vergonha é ter orgulho pela sua cara, ter medo de fazer ou dizer algo que destrua a sua cara, mole e cuidada. Algumas coisas fizeram com que eu não tivesse cara e, portanto, nenhum tipo de orgulho. Desde que nasci sem nome, sem ser o que eu esperava, fiquei liberada, boiando como um dente-de-leão. A única coisa que espero nestes dias é que os meus afetos tenham paciência quando eu tento me prover, de maneira um tanto brutal, do objeto do meu desejo, e o meu desejo hoje é dizer alguma coisa, o que pra mim é uma espécie de dom, porque eu acho que o que eu quero dizer é importante.

Quer dizer que, apesar desta intensa depressão, hoje estou num momento em que estou sozinha, em que sei que quero dizer alguma coisa e estou certa disso, e nada poderia me deter, nem mesmo a necessidade, que não temo expor de maneira plana, de escrever esta história com palavras curtas, e que o ritmo deste texto seja como o da cúmbia, um tiki ti tiki, tiki ti tiki, tiki ti tiki envolvente, que é o ritmo das coisas que se desenvolvem *pasito a pasito*, sem pressa nem pausa, entregando a todos a segurança de que a vida segue, como sempre, da origem até o fim dos tempos, como as primeiras gotas de chuva que soam agora, mas que logo vão se deter, pra que a umidade e o calor continuem propiciando a voz dos otários que se queixam do suor; como quando o Leo bufa selvagemente, confrontado ao acaso, combatendo a chegada da Lindita, a pequena habitante: tiki ti tiki, tiki ti tiki, tiki ti tiki, até que, cansados, ele de brigar, ela de insistir, dormem a sesta juntos, e sua respiração foi um ronco só: tiki ti tiki, tiki ti tiki, tiki ti tiki. Não soube disso porque vi, mas porque me contaram.

Sim. Seria melhor que um ladrão de joias me matasse. Como eu disse, eu vivi o que tinha que viver. Eu já me apaixonei. Alguém pode atravessar uma experiência que valha a pena além do amor? Mas não foi um ladrão que me matou, e bom, vai ser isso: esta história vai ser a história de um engradado de doze latas de cerveja. Estou bebendo a primeira, e não sei onde a última vai me encontrar, porque irei bebendo *pasito a pasito*. Quando esse engradado acabar, esta história também terá acabado.

Ou será a história de um assobio? Do que o Gregorio e eu assobiamos quando andamos de bicicleta, assobiando desafinados pelo bairro, e algum vizinho, virando a rua, nos responde. O assobio de uma canção que diz: "*Voy caminando, con mi botella, y la cerveza me está pegando y no sé donde voy. Siempre me cuelgo en mitad de esquina, siempre pienso en ella, la que me pone de la cabeza. Yo tomo vino y cerveza para olvidarme de ella, bebo y me pongo loca, loca de la cabeza*".

Como eu estava dizendo, estou aqui, viva, tendo uma experiência feliz com a vida e a solidão, suando neste quartinho, suando em todos os sentidos possíveis, tentando, como sempre, tirar alguma coisa disto, embora nesta ocasião, confesso, está me levando umas horas entrar no assunto, me tirar do ambiente da vida pra me colocar no ambiente deste texto, e é que eu comecei com muitas expectativas, prometendo que eu tinha algo pra dizer, e é verdade; eu jamais mentiria, mas me deixem entrar no ritmo; sim, vou chegando, *pasito a pasito*, me deem a oportunidade de experimentar encontrar esse fio, especialmente nessa hora em que as mensagens do mundo se apagam.

Há algo certo nisto, em poder narrar como é estar sozinha entre quatro paredes, algo que até o momento me parecia tão natural, e na realidade não é. Eu me dou conta do quão estranho é, e quero contar pra vocês que, por causa de onde eu moro, no centro da cidade, quase não há vez em que eu esteja escrevendo um texto importante como este que alguma manifestação não me motive a sair deste quartinho, não me motive a abandonar essa tarefa. Que sorte morar neste bairro, onde a vida sempre nos faz sair pra rua. Mas hoje eu cheguei tarde em qualquer manifestação social. Estive confinada horas sem ouvir música, comendo um misto e bebendo a primeira lata, me intoxicando com um pouco de tabaco, ouvindo a chuva que ninguém ouviu. Cheguei em casa preocupada, pensando que o Leo tinha matado a gatinha. Era a primeira vez que eles ficavam sozinhos... E eu não consegui acreditar que isso não fosse o prelúdio do drama; efetivamente, é difícil chegar a um episódio que tenha como título o sonho que tantas vezes se sonhou. Era o quinto dia da chegada da Lindita, o meu novo amor, e eu estava perdendo a esperança de que fosse possível sua convivência com o Leo, o meu velho amor.

Esqueci de dizer uma coisa importante: quem vos fala está apaixonada outra vez.

Ah! Eu quero dizer tantas coisas. Tem que sair. Por isso eu aguento assim, sentada, ouvindo Pibes Chorros e fumando, e aguentando os arranhões e os choramingos misteriosos da Lindita, que agora finalmente dormiu em cima de uma pantufa-tênis azul claro.

Nunca vou entender o que os gatos dizem, e a essa altura da minha vida, já vou renunciando a saber contar uma história de maneira coerente. Sim, eu sei que comecei me achando. Quem sabe o que eu queira dizer é que me apaixonei de novo, embora a garota de que eu gosto não me dê muita bola, e eu, concretamente, não tenha tido notícias dela. Mas estou feliz por estar apaixonada outra vez. De fato, esta história ia ser, no começo, uma extensa carta, uma extensa reflexão pra minha amada; concretamente, uma relação, um detalhe de por que eu a acho tão linda; mas eu decidi focar em algo coerente, deixar de delirar, deixar de fantasiar com a sua pessoa, abandonar a tortura da imaginação. Esse é o resultado: um desastre de texto, que eu dedico, com todo o meu afeto, a todas aquelas pessoas que conseguiram se apaixonar pela segunda vez.

Lá se foi a segunda lata. Hoje, aguentar este cansaço até meia-noite, hora em que a força renovada dos morcegos traz o alento fresco que faz com que esta cidade valha a pena de ser suada, pra sentir o frescor do ar e sentir, por fim, que o papel é livre e que, insubmissa, farei o que eu quiser com o tempo.

Isso é o que eu queria dizer, algo assim. Será que dá pra entender como é importante se segurar neste tempo? Já estou vendo, sim, como a cerveja é péssima companheira na hora de escrever.

Di Benedetto também desfiou *Zama*, eu penso. É impressionante que, afnal, o livro seja um compêndio de oração após oração, orações entre parágrafos, como um falso poema... A minha hipótese é que o momento crucial do romance é o momento, no final da segunda parte, quando se tematiza de maneira muito clara o que tem de rio-platense nessa literatura (que começa, justamente, num rio). Ali, a entrada no fantástico se funde no abandono rumo ao campo. É esse deslocamento para os limites exteriores da cidade que gera o fantástico, algo que até então só estava sugerido. Di Benedetto executa algo chave da literatura argentina, algo que Martínez Estrada parece intuir em sua extensa abordagem sobre a maneira como o território pampeano é o material de uma particular sensibilidade, que é, nesse caso, o do fantástico rio-platense. Afastar-se da cidade, sim, afastar-se, parece garantir o abandono da razão (como quando o Johnny Depp se deixa levar pelo rio, em *Dead man*).

Por isso (por isso, somente!) pensei na minha amada. Ela é quem habita esse sonho tão incrível que eu sonhei ou, melhor dizendo, essa imagem que apareceu na minha cabeça, e que abre o mundo a partir de hoje, esse sonho que me faz sentir que de verdade eu tenho algo pra dizer. Ela, real, de carne e osso, tão material e espectral como o pampa, ela deve ser, descobri, só ontem, a pessoa que está a ponto de se debruçar nessa varanda. É um prédio no subúrbio, no sul da cidade. Isso é claro no sonho, é claro e certo como são os sonhos. E no ambiente está tocando essa música... a cúmbia, no meio desse espaço branco, neblinoso, tão platense, tão perto do rio.

É ela! É a minha amada! Posso vê-la, e só de me aferrar ao sonho, de querer viver nesse sonho pra sempre, deixo de dar um passo imaginário e de me situar na frente da sua varanda musical pra cumprimentá-la. Pois estou ali, muito perto dessa varanda, mas ali o sonho acaba.

Ela não sabe nada disso. E quando comecei a escrever esta história, mentalmente, o mundo se abria a esse espaço concreto da cidade, esse espaço fugidio, branco e neblinoso, que no sonho se respira como a liberação. Depois, agora, confinada entre quatro paredes, eu me atenho às palavras, tentando não me dar conta de que estou entrando pra sempre nessa história, e de uma maneira dolorosa, perdendo-a.

Agora eu me privo de ver uma série, um filme, eu me privo até de ler um livro; aguento a solidão, feia, linda e agradável, a apreciada solidão que me torna tão feliz. A verdade é que eu quero estar sozinha.

E daquela vez, a vez em que o meu coração se quebrou em pedaços, quando achei que fosse morrer, quando desejei morrer assassinada por um ladrão de joias, quando o meu coração disse *chega*, daquela vez, eu ia pela rua, de bicicleta, e a vida maravilhosa me mandou um sinal muito claro, porque encontrei, na avenida Corrientes com a rua Uruguay, com o Senhor Lagarto, o motoboy com tatuagens variadas no corpo e na cara. A rua estava vazia, antes do final do ano, e eu não conseguia acreditar que tinha encontrado com esse homem que sempre tinha chamado a minha atenção, desde que cheguei na cidade, encontrar com ele logo na esquina da pizzaria Banchero, que foi o cenário onde eu lembrava dele claramente, da última vez que o vi; encontrar com esse personagem, esse museu vivo, esse monumento da cidade no pior dia da minha vida (sim, o pior dia da minha vida, pior quase do que o dia 13 de março de 1994, data da minha primeira menstruação), e não apenas vê-lo: cumprimentá-lo e tirar uma selfie com ele, sua cara tatuada, junto da minha, abatidas, mesmo sem perguntar o seu nome, que ficará para a fantasia; daquela vez eu senti que alguma coisa podia acontecer, nesta cidade, e pouco depois tive esse sonho.

Era um sonho que me dizia que eu não estava sozinha. Eu andava por uma rua, sozinha, chegava a um prédio e me aproximava de uma varanda. Nesse prédio morava uma garota, que eu não sabia quem era. Uma garota que estava sozinha nessa varanda, embora eu não soubesse bem quem era, o que fazia, ou se essa garota era eu mesma.

Como é possível que um ladrão de joias não tenha me matado?, eu me pergunto. E eu me obrigo, firmemente, a esquecer o meu novo amor, por várias razões, várias, várias, que é preciso fixar. Mas ele volta. A sua cara volta, vejo-a debruçada na varanda, linda, posso dizer, sem que, por necessidade de mudar, tenha decidido que não a descreveria. A minha namorada é uma pessoa muito linda, e posso vê-la debruçada numa varanda. Esse é o começo da história.

terça-feira,
5 de fevereiro de 2018

A vida é tão linda que eu não sei por onde começar. Ontem escrevi um conto muito obscuro intitulado "Doc 1"; esse título quer dizer um arquivo qualquer, com o primeiro número do alfabeto numérico; um nome ao acaso, que o Word, sistema processador de texto, designou pra ele, e eu quis deixar. Mas esse conto é muito importante pra mim, é central por várias razões. Primeiro, porque consegui escrever um conto depois de vários meses. O conto tem sete páginas. Segundo, porque eu pude conjugar vários temas importantes: o amor, o fato de eu ter me apaixonado pela segunda vez na minha vida, junto da intensa crise de depressão que estou vivendo, que são como rédeas que me seguram e que me impedem de me jogar de cabeça na piscina do amor, como é o meu desejo.

Interrompo isso pra me emocionar um pouco, fumar e sentir algo verdadeiro, como a tristeza e o prazer de escrever em vez de trabalhar. Quis a sorte que a luz acabasse. Eu vinha desejando isso esses dias, porque a luz elétrica atentava contra a minha paz mental. Nesse dia, ontem, eu passei várias horas no computador, lutando e suando realmente pra tirar algo bom disso tudo. Hoje, esta noite, à luz de vela, é um presente, o descanso de tudo. Descanso de ver, de ouvir, de trabalhar, uma contrapartida perfeita, tão perfeita como o ritmo ao qual eu aspirava no meu conto, o ritmo da cúmbia, que constrói, *pasito a pasito*, graças ao imenso prazer da sua bendita monotonia, a alegria de saber que a vida segue. Esta noite volto a escrever. Repete-se a cena de ontem, mas de uma maneira ligeiramente diferente, assim como na cúmbia, que é a maneira de saber que antes (um), houve um som igual (dois), já sei, e por isso posso intuir que um terceiro som virá, parecido ao anterior; tiki ti tiki (um), tiki ti tiki (dois), tiki ti tiki, nos preparamos com alegria, "com gozosa esperança", pra receber o terceiro: tiki ti tiki (três). O ritmo da cúmbia é, para o ritmo, o que uma célula é para a vida; a literatura é, para o ritmo, o que uma cerveja para um engradado de doze cervejas. Quanta verdade há em viver o presente, o momento em que você está. O presente, sim. O presente e mais nada; sempre sabendo, sim, que depois de uma lata, outra virá.

Disse ontem nessa história, em "Doc 1", que a história duraria o que durasse o engradado de doze latas, e acabei de terminar a segunda. Restam dez, ou melhor dizendo, restam nove, porque estou tomando a terceira. Retomo a primeira coisa que disse, escrevendo lentamente, pois tenho tempo, e com a letra clara, porque imagino que vou ler esta entrada do diário na sexta-feira, na leitura em La Tribu, e talvez aconteça o que aconteceu na leitura anterior, em Necochea, quando li uma entrada de diário e eu disse "as pessoas de Necochea", e as pessoas se comoveram profundamente ao saber que pensava nelas. Esperava ler "Doc 1" na próxima leitura, na verdade, mas acho que não vou, porque é longo e depressivo, e além disso não está terminado; e, além disso, o que se conecta ao que eu vinha dizendo no início, e que são as razões pelas quais fico feliz por ter escrito isso, não é um conto; estou certa de que é muito mais do que isso; é o texto-base de um romance fascinante, que tem origem num sonho, que na verdade não é um sonho, é uma imagem que eu vi, e que poderia ser a lembrança de um sonho, algo belo e emotivo, algo intenso e profundo como ter *estado num lugar*. Não sei muito bem o que acontece nesse sonho, nem quem o protagoniza, e o objetivo do romance é descobrir isso. O conto conta como ocorre essa descoberta. Entender que há um lugar ao sul, perto do Riachuelo, perto também do Rio da Prata, um lugar onde Buenos Aires acaba, e por isso respira-se a cidade como em nenhum outro lugar, onde há uma rua, uma ampla avenida, que corre de leste a oeste, e ali, o último prédio da cidade, branco e cinza, retangular, que dá as costas a Buenos Aires, onde mora uma garota que está numa varanda, e que eu sei que está aí, embora não a veja, mas está na varanda, a ponto de se debruçar, e eu *vou encontrar com ela*. Vou encontrar com ela. Vou encontrar com ela. Vou tocar a campainha da casa dela. Eu dobro a esquina com essa intenção. Vou vê-la. Mas isso não estava no sonho. Acabei de descobrir ao dizer "vou vê-la", o que era, no início, uma referência ao futuro, mas que se tornou, ao escrever, presente, e então o verbo *ir* ganha a sua dimensão semântica ordinária: a de se dirigir a um lugar. Vou vê-la. Caminho pra vê-la. Caminho. O que faz todo sentido no meu sonho, pois assim costuma ser quando sonho, ir andando pela cidade, uma mistura de cidades reais e inventadas, nas quais sempre costuma haver um curso de água próximo.

Agora fica claro que vou mergulhando num mundo novo, no qual o central é o ambiente, como ocorre nos grandes romances, um ambiente que determina o curso da história. *Dom Quixote*, *Juan Moreira*, *Grande sertão: veredas*, cada um dos grandes romances de Beckett e cada grande romance que te ocorrer pensar, em que os personagens *vagam* daqui para ali (da cama para o salão, no caso de Proust). Em "Doc 1", menciono *Zama*, e como a vagância da cidade ao campo tematiza o tópico central da literatura rio-platense: o fantástico rio-platense, a coisa mais própria da nossa literatura.

Eu me lembro de outros grandes momentos da vagância: o protagonista de *Grande sertão: veredas*, no momento em que ele se tranca no quarto, refugiado numa fazenda, e se veste de mulher, com um penhoar, esse momento sublime da literatura universal; ou quando Juan Moreira dá um beijo na boca do seu grande amigo Julián, acompanhados do seu cachorrinho. Que cena tão linda.

Por isso, em "Doc 1", ontem, se abriu um mundo de possibilidades, um projeto que não temo em nada revelar a vocês, pois se não tem fim, se nunca se cumpre, já existe, no mínimo em "Doc 1". "Doc 1", conto a vocês, está dedicado, e essa dedicatória está inscrita no meio da narrativa, a todas aquelas pessoas que se apaixonaram pela segunda vez. Já que amar é a melhor coisa que pode te acontecer na vida, se você já amou, e há uma segunda, pode haver uma terceira também. Mas quem nunca amou não tem nada.

"Doc 1" tem também uma epígrafe, que é o verso de Homero Expósito que eu nunca escutei, mas li, como epígrafe, em *Villa Celina*, de Juan Diego Incardona: "*Late un corazón. Déjalo latir*". Amo essa frase. Deixe bater seria como "*Let it beat*". Uma batida, um ritmo, um *beat*, como o da cúmbia. Tudo fecha nesta história. Agradeço por isso também.

Lido no Bar Beba, março de 2018.

vamos dançar?

Coloco os óculos, a viseira, o avental, sento na frente do computador disposta a uma batalha sem quartel contra a depressão, neste terrível e calorento sábado do mês de fevereiro. Escrevo pela primeira vez, aproveitando que na quinta, na praça Boedo, tenho, mais uma vez, a oportunidade de contar alguma coisa, por causa do Dia de São Valentim. E se eu não me impusesse a cada vez que vou a uma leitura o dever de escrever algo novo? Escreveria isto? Acho que não. Pois não é suficiente ter algo pra dizer: também é preciso ter alguém pra quem dizer; também é preciso ter a oportunidade. Eu tenho as três coisas, e tenho mais. Essa é a razão da minha sorte, um assunto que vem dando voltas na minha cabeça, que vem dando voltas na sua também, eu sei, porque você me disse no nosso primeiro e até agora último encontro. Sim. Primeiro e último encontro. O espaço de não saber como nossa brevíssima relação continuará é tudo o que eu tenho agora, e é um espaço que considero vital e preciso expandir, pois não saber o futuro é o que constitui o possível.

Isso foi algo que aprendi este ano, lendo *Em breve cárcere*, de Sylvia Molloy, e lendo também os teus contos, que tocam o tema central destes dias tão críticos: a memória. Volto ao nosso primeiro encontro: um encontro aventureiro, que já contei umas quatro ou cinco vezes a diferentes amigas. E comprovo que, por mais que tenha contado, a narrativa não é suficiente. Como contar um encontro? Quantas partes do relato significam muito mais do que conhecer uma pessoa? Todas, talvez.

Mandei áudios. Um áudio se transformou em dois, em três, tentando desvendar o que eu sinto, sem localizar bem o que eu quero contar, que é crucial nisso; tentando, como sempre, montar em qualquer acontecimento, seja um sucesso ou um fracasso, pra que alguma coisa transcenda.

Não tenho tempo. Escrevo antes de ir ao aniversário no qual poderíamos nos encontrar, embora eu preferisse não te ver: não estou com energia suficiente. Você vai estar rodeada das suas amigas de mais de cinquenta anos, e duvido que você possa, como nos seus contos, escapar desse círculo e chegar até mim, que vou estar fumando um baseado e me alcoolizando o máximo possível... A não ser que em algum momento do aniversário a música nos una na pista de dança. E nesse caso, sei que o meu cansaço desaparecerá magicamente e eu não vou ter que pensar pra dançar perto de você. Mas esse é outro assunto que me inquieta, pois nunca te vi dançar, e um passo de dança é algo absolutamente definitivo pra saber o quanto gosto de uma pessoa.

Hoje acordei da sesta com perfume de desodorante de homem. Malena me manda áudios da Alemanha e, pra se referir a mim, usa adjetivos femininos, nos quais me sinto um tanto estranha. Que tal se este fosse o último conto em que eu mesma os uso? Leio a primeira edição de *Testo Jonquie*, de Beatriz Preciado, e o pronome com o qual Beatriz se refere a si mesma não deixa de me sobressaltar, porque sei que no futuro Beatriz não será mais Beatriz, mas Paul. Essa sensação de algo que sai do centro é o que me dá náuseas o dia todo, o que não me deixa comer nem beber sem me engasgar. A solução é um dispêndio de energia suficientemente grande para o meu corpo solicitar com urgência pão e água. O meu estômago pede pra comer, mas a minha cabeça se nega a acreditar, e a interpretação que dou à dor produzida pela fome é que estou com azia e, portanto, não deveria comer, que posso ir levando com cerveja. Sobrevivo à base de meio bife de noite. Cerveja abundante, poucas horas de sono e muitas de tela e de luta, e tendo encarregado o Martín de ficar com o Gregorio às sextas, pois o mês de fevereiro não admite sextas que não estejam dedicadas às assembleias, essa é a minha vida, e esse é o meu melhor momento. Mas nas assembleias o meu corpo dá defeito, ao me ver rodeada de multidões de mulheres. Não me estranha que estando tão descentrada eu não me sinta capaz de levar adiante um segundo encontro. Agora, enquanto as minhas amigas comem batata frita, se preparando para alguma festa, eu me sento aqui, sozinha, queimando os olhos com este enorme monitor. Me dou por jantada com a cerveja e sigo adiante. Digo a Male: "Não tem jeito de eu sair perdendo com isso". Um pensamento muito terrível que dá conta do custo de se quebrar, mas que na escrita é cem por cento verdade.

Como narrar um encontro? Será possível transcrever os áudios que mandei pra ler e entender o que é que estou querendo contar? Poderia encontrar neles a minha voz, ou dados necessários que confirmem o que pressinto? O que será, pra mim, um ano sem amor? E pode ser, se transcrevo esses áudios, que eu consiga, de maneira literária, algo como o que Manuel Puig fez, algo como copiar a voz de outre? Porque é claro que não sou eu quem gravou esses áudios. Mas isso daria lugar à situação de ter que escutar a minha voz e cortar espaço do que eu penso agora, do que escrevo, que é, supostamente, uma linha de pensamento que poderia vir a ordenar, a categorizar, a acalmar o que sinto acerca de como narrar um encontro. Transcrever os áudios não me traria uma inquietude ainda maior do que a que sinto? Claramente, sim, e por esse motivo é que devo fazer isso, eu decido: devo transcrever esses áudios; devo fazer isso pra me complicar ainda mais, pra poder saber como se tem um encontro estando fora de mim, e sobretudo, pra poder contar o encontro nesta narrativa, pra contar puramente, pra além de todas essas idas e voltas que não sou capaz de reprimir, e que disfarçam o relato puro dos fatos e, verdade seja dita, isso valeria a pena, porque nosso encontro foi muito lindo, e digno de um conto que narre sozinho a si mesmo.

Mas também não seria justo deixar de dar entidade a como eu me sinto: estou a ponto de quebrar, como uma abóbora cortada em rodelas, que com apenas um golpe firme se despedaçará em oito partes, mas não tenho a disposição de me cortar com uma faca ou um garfo, nem de bater a cabeça contra a parede ou de queimar o meu braço com um forno pra grafar a dor no meu corpo. Estou sendo assistida agora por um tipo de loucura que se submete a uma razão que me faz sentir que frear esta torrente de pensamento (este dano material que estou fazendo nesta página, pois escrever é danificar), interromper este dano pra transcrever um áudio passado, um áudio enviado e esquecido, seria um desafio, seria descer do trem ridículo de acreditar que posso entender tudo pra dar lugar a uma voz duvidosa, quebrada, uma voz minha, dirigida a outra, uma voz que não sabe o que sente, uma voz que tenta, de maneira demagógica talvez, buscar a verdade através do humor e do dilaceramento que se sente ao querer narrar algo com o desespero de que um evento tenha passado, tenha terminado, e nunca, nunca vai voltar, e a partir dessa despedida, quem sabe o que vai se perder, quem sabe o que vai ficar. Esse seria o dilaceramento que no dia de hoje posso me dar ao luxo de me infringir? O castigo de deixar de escrever o que eu quero e ter que me escutar? O castigo, o desvio, melhor dizendo, de frear esta torrente de pensamento pra escutar o que eu tive pra dizer de nosso encontro?

Será que não é abusivo usar nosso encontro pra representar o que eu penso acerca da vida e da sobrevivência de uma pessoa num momento crítico da sua vida? Não é uma falta de respeito pela minha intimidade e pela sua? Por que eu não posso estar em paz comigo mesma? Por que sempre devo ganhar, por que nunca posso perder? Por que cada experiência deveria ter um plus, tornar-se valor por algo mais do que foi? Porque eu preciso disso, e porque alguém espera por isso. Eu deveria me deter nisso. Eu nunca tinha feito um parêntese pra pensar neste acionar desavergonhado diante do qual, muitas vezes, quando sinto isso como um excesso, cruzo os braços, deixando-o passar com um "e daí" e uma gargalhada.

Expor o quê? Nada pra expor. Nenhuma cara está em jogo aqui. Hoje eu deveria ser capaz de escutar a minha própria voz. Mas antes de chegar a esse momento que vou construindo como sublime, que é o de transcrever os meus próprios áudios em que narro nosso encontro pra poder repensar isso, poder me dar ao luxo de pensar nele sozinha aqui, por mim mesma e pela última vez, antes de ir para o jantar de aniversário onde talvez eu te veja dançar.

Num primeiro encontro, eu busco o familiar e também o diferente. O comum entre nós foi: um olhar baixo, fugidio, um ricto sério, o cabelo escuro, a pele branca, a tendência à anorexia, um passado que se mostra mais penoso do que o resto; a incapacidade de nos deprimirmos, pois o que compartilhamos é o hábito de sobreviver.

O diferente não vem ao caso, embora tenha me atraído. Não. Você não é a primeira nem a última pessoa que eu tenho vontade de conhecer, embora, sim, você foi a pessoa com quem tive o encontro mais incrível da minha vida, e embora, verdade seja dita, eu tenha tido poucos encontros, duvido que tenha um encontro mais incrível do que esse. Este conto, que é como um musical, trata do nosso primeiro encontro. Quero falar desse encontro, pra além de, através dele, se desmembrar a loucura que me rodeia pela infinita sorte dos tempos que estou passando, que estão me enlouquecendo e me fazendo pensar que este será um ano sem amor, e talvez o melhor da minha vida. Mas neste ano sem amor que acolheu o nosso primeiro encontro, largo e enorme como o Rio da Prata que o viu caminhar à altura do Dock Sud, penumbroso como o saguão de um prédio desconhecido no qual nos escondemos no Dock Sud, fico com a lembrança desse encontro, o melhor da minha vida, e arrisco, do ponto de vista formal, com diálogos, acontecimentos e sons, da sua também.

E agora, preparando o contexto destes áudios, devo contar que a primeira vez em que te vi foi numa festa à qual eu fui, pra variar, pra cruzar com o *não* de outra garota com quem tinha encontrado naqueles dias. Coisa que talvez se repita esta noite, porque me dirijo a esse aniversário desejando, porque preciso estar bem sozinha, sozinha de verdade, que você me dê um perdido. Querido público que me escuta: sei que muites estão acostumades a que eu conte a vocês as minhas histórias de amor quando estão tão aquecidas como um cachorro quente que acabou de sair da barraquinha, e assim o farei.

Agora, vou ouvir uma canção romântica antes de interromper por um tempo a música pra poder transcrever os meus áudios e transformá-los num só. Sim. Naquela festa, eu achei que nossos olhares se cruzaram, mas não gostei muito do seu gesto; evadi o seu olhar, notando, no entanto, que a sua cara me era familiar. Um tempo depois, te vi por trás, vi o seu cabelo branco, que antes de você parar de pintar era preto, vi o seu casaco rosa choque, um jeans que parecia saído dos anos setenta; então você se virou, e eu me dei conta de quem você era: música, atriz e escritora conhecida. Ao me dar conta de que você era famosa, o seu jeito de olhar, o seu jeito de dar as costas pra festa dançando muito pouco, sozinha com uma amiga, sem rir nem comungar a dança como nós estávamos fazendo, me pareceram gestos convencidos, e comentei isso com uma amiga. Mais tarde, durante o nosso encontro, te perguntei: o que é isso de dançar de costas para as pessoas? Mas você não me respondeu.

Ah! Estou feliz por poder escrever este texto. Está calor e suo tanto diante deste computador antes de sair pra comprar uma viseira na avenida 9 de julho pra dar de presente à aniversariante... Eu não posso descer deste trem. Porque passei, não sei como, semanas mais tarde, de te achar convencida a te convidar para uma festa. Sinto o suor correr pelas minhas axilas, pelo meu peito, sinto vontade de ir cedo para o aniversário, vontade de me lançar. Vontade de te esfolar. Porque se eu tirar a sua pele, vou chegar, cedo ou tarde, aos seus ossos, que é a parte do corpo onde está o núcleo duro da sua verdade, a verdade que é legível nos seus ossos, mas que nunca, nunca, você vai dizer em voz alta.

Inesperadamente, você respondeu à minha mensagem e combinamos um encontro. Francisco, o meu editor, te deu o meu número. Eu estava num sítio, passando o réveillon. Quando eu voltasse pra Buenos Aires, já teria dois encontros: o seu seria o terceiro e, obviamente, o que mais me interessava. Que mudanças você perceberia em mim depois de ter visto uma selfie de beleza extrema que te mandei, na qual apareço com cara de sono, mastigando pão com geleia à beira de um tanque australiano no dia 31 de janeiro de 2018? Eu senti que, ao te mandar essa foto, estava comentando que você tinha me inventado, pois a foto era digna dos seus contos. Acho que você entendeu. Como teria mudado a imagem que você tinha de mim desde que você viu essa selfie até o momento em que nos despedimos na estação Constitución às sete e meia da manhã depois do nosso primeiro encontro?

Enquanto trocávamos mensagens pra combinar o nosso primeiro encontro, imediatamente eu soube como eu queria que fosse: ir ao Dock. Ver o Dock Sud em busca de uma imagem que uma vez sonhei e que me deixou obcecada. Mas não te disse isso, menti pra você: quero ver o Rio da Prata à altura de Hudson, eu te disse: buscar essa paisagem mágica que aparece num conto do seu livro. Assim que cheguei a Buenos Aires, passei na sua casa em Adrogué pra te buscar. Era dia 2 de janeiro. Você saiu com uma cesta com bebidas e sanduíches. Subimos no seu carro e pegamos a estrada. Como não me sentir feliz numa aventura assim? Ah, que cruel a vida e o tempo, que não nos permitem reviver os momentos a não ser a partir de palavras tolas como estas. E nesse caminho eu te confessei a verdade, e o drama que eu tento apresentar aqui: que eu estava procurando uma imagem sonhada, e que era pouco provável que essa imagem existisse. Sim, estou lembrando disso, e é um pouquinho, só um pouquinho, como se estivesse sentada de novo ao seu lado, suando no banco de couro do seu carro, acendendo um cigarro, derramando cinzas na alavanca do câmbio.

O paradoxo disso é que o nosso encontro foi o que há de mais parecido com um sonho. Pois tudo, tudo o que eu tinha imaginado se cumpriu. Eu estava nesses dias, como hoje, tão, mas tão alto nas minhas expectativas... É difícil se deprimir quando a vida te dá tanto.

Estes são os quatro áudios resumidos em um:

Eu já tinha imaginado todo o encontro que eu queria fazer, pelos dados que eu tinha de F., de que ela mora na zona sul e tem carro. O fato de ela morar na zona sul despertou em mim a ideia de que podíamos passear pelo Dock, e de que eu poderia ver a imagem do meu sonho, a rua e o prédio descritos no conto "Doc 1". Eu disse que a buscaria pra fazer um piquenique e ela achou bom. Eu tinha imaginado que íamos ao Dock.

Que íamos buscar a avenida do sonho. E uma vez que enfiei isso na cabeça, não consegui deixar de imaginar que isso efetivamente ia acontecer. Então, quando eu passei pra pegá-la, subimos no carro dela e eu estava muito tomada pela ideia, e logo contei a ela a verdade. Que eu realmente queria ver o Rio da Prata à altura de Hudson, mas que na realidade o que eu buscava era ir ao Dock. O curioso é que ela não achou estranho, não achou delirante vagar pelo Dock. Ela achou tão possível que disse sim. E como estávamos mais perto de Hudson, fomos primeiro ver o rio, porque além disso ali era possível fazer o piquenique. Não... Não tem explicação o que eu senti quando chegamos ao rio. Foi como estar num conto... No conto dela, bom... Era... (barulho de vozes)... Peraí, deixa eu ver.

Retomando: Era... Estávamos numa paisagem totalmente abandonada do mundo, mas, ao mesmo tempo, estávamos vendo a cidade de longe. Como quando a gente vai à Reserva Ecológica. Bom, era muito *Zama*, como no romance. Sentamos por ali, sobre uma lona. Achei que a gente ia desaparecer do mundo. Fazia realmente muito calor. Isso tornava tudo mais incrível. Tórrido, mas muito refrescante ao mesmo tempo, porque ela é muito refrescante. Muito refrescante, muito jovem. Conversamos muito; ela me fez muitas perguntas... Tipo professora, mas legal. Os mosquitos nos picavam. A cerveja esquentava. Comemos sanduichinhos de pão de forma. Em dado momento, ela me falou do seu jardim, me disse que ali a gente estaria melhor, que ficava à sombra de uma árvore: um pinheiro. Isso me alegrou, porque entendi que depois do passeio a gente ia voltar pra casa dela.

(Barulho de vozes).

Bom, continuando. Falamos tanto que o tempo passou e eu tinha esquecido completamente do Dock. Começou a escurecer, então arrumamos as coisas e fomos para o carro e começamos a nos dirigir para o oeste e para o norte. O pôr do sol estava acontecendo bem na nossa frente e foi então que percebi que estávamos indo pela Debenedetti, olhei o mapa, vi que estávamos perto da Huergo, e disse pra ela virar. E foi instantâneo. Foi só virarmos na Huergo e ver que ali estava: ali estava o prédio, idêntico ao do meu sonho. Foi só ver esse prédio, que era exatamente o mesmo que eu tinha sonhado, pra sentir que eu virava pedra, que não conseguia me mexer, e que aquele segundo devia durar pra sempre. Paramos. Eu vi a mim mesma como num espelho ao sair do carro e andar até o prédio. Ela andou um pouco à minha frente, com decisão muito punk. O meu coração batia, atuei automaticamente, seguindo-a sem pensar. Quando nos aproximamos, havia vários garotos parados na porta, então ela simulou que íamos ver alguém, e foi assim que entramos no prédio. Em vez de usarmos o elevador, subimos, sem saber bem aonde estávamos indo, pela escada, e assim que ficou escuro no primeiro andar, nos beijamos.

Mas não sei como explicar uma coisa assim. Sinto que o encontro foi de verdade, de verdade demais, mas também fiel demais à imaginação. Sinto que me excedi nas minhas fantasias. Eu estava muito feliz. (Barulho de pratos). Não sei como te explicar (barulho de tábua de cozinha). Sabe quando acontecem o tempo todo com você coisas muito particulares, muito divertidas, e você compartilha coisas especiais? E depois disso, você vai passear por um bairro onde você vê a imagem de um sonho... Eu contei a ela a minha vida, como tinha me tornado lésbica, como tinha me dado conta de que não era mais mulher... Tudo isso. Mas, além disso, bom, que a gente acabasse se beijando nesse saguão, dessa maneira... Assimilar algo assim era demais pra mim. Foi muito estímulo. Sim. Depois fomos pra casa dela e trepamos, e foi muito bom, mas, enfim, em comparação a esse passeio, a verdade é que nada é comparável. Depois desse encontro não nos falamos de novo (barulho de descascar batatas, barulho de água correndo). O que eu sinto é que não vou fazer nada, não vou escrever pra ela nem convidá-la; o que eu sinto (não quero ser convencida), eu digo de maneira objetiva, mas (barulho de uma porta de geladeira que se fecha) acho realmente difícil que a gente tenha um encontro que seja mais divertido do que o que já tivemos (risada, barulho de tampa de lata de lixo), como se o destino devesse fazer alguma coisa por conta própria, entende, Julia? Porque não... Não a convidaria pra nada, é como se num encontro só mil anos tivessem passado... Não sei como te explicar, é difícil explicar uma coisa assim...

Eu me pergunto como você catou as cinzas que deixei no carro. Inversamente, penso no meu mundo, na quantidade de coisas aventureiras que aconteceram comigo esses dias, que são coisas que você não conhece, e que talvez, só talvez, você queira saber, e eu poderia te contar num segundo encontro, que não imagino, e duvido que exista. Escrevo mal, quase agramaticalmente, com as minhas últimas forças, antes de ir liberar na pista e na dança toda a minha ansiedade; hoje é um dia ideal pra chegar tarde num aniversário, suficientemente tarde pra ver como você dança. Que engraçado. Gastei nove páginas sem ter cumprido inteiramente o propósito que me propus no início. Nove páginas pra chegar a escrever esta pergunta: vamos dançar?

querida alejandra

Buenos Aires, 8 de março de 2015

Bom dia. Dá pra ver que estou um pouco melhor, porque ao menos fui capaz de encabeçar esta carta direito. Nas anteriores fui escrevendo e te contando coisas sem nem sequer te cumprimentar. Talvez porque estivéssemos tão perto. Agora estamos cada vez mais longe, o que me deixa muito triste. E eu noto que estabeleço aqui um tom literário e triste. Pensei muitas coisas desde que me levantei, faz trinta minutos. Tive que ir à padaria, porque estava sem nada pra comer, e pensei que o ar livre me faria bem, mas a caminho da padaria olhei o céu, nublado pela tempestade de ontem, e lembrei da pergunta que te fiz: como é o céu de Paris? E me lembrei da sua resposta: que o céu em Paris no verão é parecido com o de Buenos Aires. Que tipo de mentira é essa? É incrível. Já estou chorando outra vez. Mas antes de te contar a pergunta que formulei a caminho da padaria, e a inquietude que tive a respeito do gênero desta carta, ainda de preguiça na cama, de bobeira no celular, gostaria de anotar o que estou pensando neste momento: que ontem, lendo *Prisión perpetua*, de Ricardo Piglia, logo encontrei o que Tamara Kamenszain diz no seu livro *Una intimidad inofensiva*: durante os anos setenta, e também durante os anos 80, escrever sobre nós mesmas era impensável. Em *Prisión perpetua*, num tom muito borgeano, no conto "Em outro país", diz:

"A história do meu pai não é a história que eu quero contar. A convenção pede que eu fale de mim, mas quem escreve não pode falar de si mesmo. Quem escreve só pode falar do seu pai ou dos seus pais e dos seus avós, dos seus parentescos e genealogias. De modo que esta será uma história de dívidas, como todas as histórias verdadeiras".

E é aqui onde se insere a nota que situa a narração num contexto específico de tempo e de lugar, mas, acima de tudo, traz de volta uma textura específica à narrativa, pois diz: "Esta narrativa é uma versão do texto lido em abril de 1987 no ciclo "Writers talk about themselves", dirigido por Walker Percy no Fiction today de Nova Iorque". Quer dizer que a narrativa é uma *versão* daquele texto, que, por outro lado, não é escrito, mas falado. Com essa nota de rodapé se consegue a liberdade da ficção: a narrativa se liberta da fidelidade, entrando no espaço livre da literatura. E se recortam aí, de maneira ajustada, as cartas nas quais o tema da narrativa está em jogo: falar de si mesmo é falar dos seus pais, e aí é onde aparece esse escritor inglês, obscuro com a figura de "pai literário". Estou interessada no final desse primeiro parágrafo, quando diz "*Esta será uma história de dívidas como as histórias verdadeiras*". Encontro ali o que Josefina assinala: que, naquela época, nos anos setenta e oitenta, a literatura era lida de uma maneira cifrada, buscando um significado oculto, palavra por palavra, como no modelo de leitura do gênero policial; eu digo isso entendendo "dívidas" não só no sentido de dívidas dos pais, mas no sentido de não dizer, de dever ao leitor alguma verdade.

De modo que (e uso aqui uma expressão pigliana) é verdade o que Tamara Kamenszain assinala: não era permitido falar de si mesmo naquela época, e agora, como assinala ela, sim. Mas o que eu quero dizer é isto: que, embora hoje seja permitido falar de nós mesmas, e é de fato "o eu" o pronome dominante que se usa na escrita, o que continua sem ser permitido é falar dos sentimentos: porque não é qualquer um que se atreve a falar dos seus sentimentos assim. Aceita-se que os sentimentos possam ocupar o lugar do iceberg, à la Hemingway, e até se considera um romance ou um conto bom porque chega a transmitir certos sentimentos sem dizê-los. Mas falar simplesmente acerca dos sentimentos? Isso continua sendo considerado inadequado e, no melhor dos casos, é atribuído a coisa de mulheres. E isso é algo que parece provir de um hábito antigo, que se vê nas fotos em preto e branco: gente sofrida, gente séria que não diz o que sente, uma dureza humana antiga, acostumada a viver tragédias, talvez, como quando o protocolo proíbe que os reis chorem em público, porque devem ser considerados fortes pelos seus súditos. Eu não me refiro à forma de escrever de uma época, mas antes aos mandamentos sociais de repressão, que estariam influindo muito no que podemos escrever ou não num texto.

Por isso, a minha grande preocupação agora, por motivos pessoais, mas também por motivos literários, é poder dizer os meus sentimentos. Eu me sinto de novo um pouco lúcida ao pensar nessas coisas em termos racionais, e não numa mera descarga de estouros, como ontem. Mas vivo nessa luta constante, porque eu não gostaria de desmerecer o meu choro, aos borbotões, enquanto dentro de mim um impulso de curiosidade me diz: vejamos o que acontece com isso, deixemos que saia. Claramente, sou uma pessoa. Por que eu deveria desprezar os meus sentimentos? Por que reprimi-los? Tão perigoso, tão irritante e terrível é sofrer por um amor não correspondido? Pois sim. Conto as vezes que me dei a esse luxo, que é um verdadeiro risco à integridade física, e vai ser hoje, mas ainda, ainda assim, me resta alguma fortaleza pra resistir a ele... E outra parte de mim me diz: explore, deixe ser o que estão te pedindo, só algumas lágrimas, e não, não e não. No fundo, eu continuo me negando.

Acho que este ano eu vou me dedicar a trabalhar sobre alguns desses textos de Josefina Ludmer, sempre vigiando o que ela diz pra confrontar com o que Tamara Kamenszain diz, e poder pensar um pouco nessas coisas. Também vou ler Saer e Walsh e, por último, a minha leitura muito querida e noturna serão os diários de Kafka e as cartas da sua noiva, já que essas cartas vão amparar esses pensamentos.

Como você está vendo, ainda não fui ver o que tem na minha caixa de e-mails, não tenho coragem de ver a sua resposta, porque isso desataria coisas demais em mim e estou cansada, fisicamente muito cansada de chorar. Por mais que o dia de ontem tenha acabado, e eu tenha feito o luto colocando a sua camiseta pra lavar, se eu não olhar a caixa de e-mails, posso sentir que tudo ainda é um pouco como antes, quando você ainda estava em solo argentino e não na infausta Europa. Depois de você ler o meu e-mail, no qual transcrevo a minha entrada de diário do dia em que nos conhecemos, que talvez você não consiga sequer interpretar, porque talvez só eu fique mal por ter te conhecido há quase vinte anos, então você vai saber como estou mal por termos ficado tantos anos separadas. Eu me perguntava, a caminho da padaria, ao chorar pelo céu de Buenos Aires ou de Paris, o que estou procurando, o que eu gostaria de recuperar da época em que fomos amigas. Um pouco eu já sei, trata-se de uma vida possível, uma vida que teria sido possível, se eu não tivesse sido criada da maneira como fui (mas se eu não tivesse sido criada da maneira como fui, esta carta e a forma de expressar os meus sentimentos não existiria). Quero dizer, se eu não tivesse tido uma infância tão desastrosa, uma infância que deixou o meu cérebro inabilitado para a análise, já que as formas elementares da lógica ficaram danificadas pra sempre; se não fosse por isso, eu poderia ter sido uma estudante, depois uma bolsista, poderia ter pensado coisas, ter ido à Sorbonne, enquanto você andava por lá. Poderia ter feito algo pela sociedade. E depois, claramente, apaixonadas, teríamos voltado à Argentina, sem dúvida alguma, pois a Europa é a escória do mundo. Mas quem sabe se é assim. Talvez o que você tenha gostado de mim faz quase vinte anos, sem que você entenda bem, porque na realidade você não sabe tanto de mim, era a minha capacidade pra sobreviver através das palavras, organizadas ou não.

Fico tão feliz por poder encadear estes parágrafos completos. Você não sabe como me faz bem. Vejo que nos meus diários dos vinte e três eu me gabava de ter aprendido a usar os parágrafos, quando, na realidade, a única coisa que havia ali eram pensamentos desalinhavados. Pra usar corretamente o parágrafo, antes é preciso desenvolver um tema, um tijolo que tenha a forma dele, e isso era algo que na minha juventude eu não era capaz de fazer. Eu ia de um tema ao outro. E depois, numa pequena evolução que me orgulhava, vejo que faz onze anos que consegui separar ideias, breves ideias, num parágrafo, mas continuava ainda sem poder desenvolver uma ideia. Também não deveria exagerar. Os diários têm ideias soltas e isso é normal, mas o que não pode ter ideias soltas, sem correr o risco de parecer uma loucura, é uma carta, seja ou não de amor, como esta.

Tenho mais coisas pra dizer sobre o gênero carta, e sobre a textura que ela vai adquirindo, pois já inclui textos de todo tipo, mas me sinto meio cansada, chorar é extenuante, e vou tomar uns mates transcendentais (já faz um tempo que comecei), enquanto corrijo o que escrevi ontem. Vou corrigir de maneira tranquila, sem apagar os sentimentos, simplesmente relendo pra acrescentar ideias ou detalhes que possam ilustrar melhor os problemas e as evoluções dessa história que mudou a minha vida pra sempre.

É uma da manhã, estive revisando esta carta, e agora me pergunto se você respondeu à minha mensagem de ontem e tenho pânico de abrir os meus e-mails. Preferiria abri-los amanhã. Talvez não haja nada, e isso me doeria. Mas me acalmo, e se penso em aceitar as coisas como são, em aceitar os meus sentimentos, deveria ir ver. Sem dúvida, não deveria ter te mostrado, na minha carta anterior, a entrada do meu diário. Essa imediaticidade terrível e chocante precisa de uma espera pra ser respondida. Quero dizer, você é uma pessoa um pouco mais tranquila e não está desesperada, como eu, pra saber de você. Sim, é melhor eu abrir os meus e-mails. Porque não haverá nada ali, porque a sua personalidade equilibrada terá usado uma espera pra elaborar tudo isso. Ou talvez você não me responda por medo de que a minha resposta seja outra catarata de emoções. Além disso, eu não espero nada mais da nossa história. Se você não notou que eu gosto de você como mais do que uma amiga é porque você não gosta de mim, então não há mais nada a dizer. Na minha carta, só me referi a quando nos conhecemos, quando tivemos uma brevíssima história, e talvez eu tenha me excedido nos meus sentimentos, mas pelo menos consegui expressá-los. O que mais há a se fazer a não ser voltar às nossas vidas cotidianas? A sua inclui o seu marido. Acho que internamente eu voltei pra nos considerar, de verdade, novamente amigas. E esses ranços do passado talvez sejam algo muito pessoal, somente algo do que nós poderíamos ter sido juntas.

Noto que tento desestimar os meus sentimentos. É uma tendência que volta como a maré. Mas há algo verdadeiro, e é que você não gosta de mim, duvido que mostre esta carta a você algum dia, e esta parte seria, então, a parte na qual esta carta termina. Por isso vou olhar os e-mails.

Bom. Recebi o seu e-mail faz apenas doze minutos. Leio no seu e-mail o final do nosso amor e o recomeço da nossa amizade.

De noite. Estou cheia de areia e adoraria ouvir a sua voz. Hoje tudo ficou interrompido pela minha ida ao supermercado, e no meio disso a vida doméstica e a falta de projetos literários se impuseram, pois tudo está parado na minha vida. Que cruel é me sentir Madame Bovary, uma Madame Bovary que entretém a si mesma vivendo uma vida paralela e inventada. Infeliz em todo sentido, quase igual a Anna Karenina, só que sem sexo. Tristíssimo. Eu poderia continuar assim a vida toda, continuar com o trabalho diário que me sustenta, continuar escrevendo, editando, enfim, continuar fazendo o que fiz até agora. Tudo continuaria como sempre, e um dia, se você quiser, você pode me perguntar se eu quero que sejamos algo mais do que amigas. E então eu vou poder considerar a proposta, estando íntegra dentro do meu espaço. Mas preciso esperar alguns anos, isso vai levar certo tempo, e a vida passa. Me preocupa tanto isso! Não seremos mais jovens.

Quero que você saiba que esta carta está cambaleando, que eu já estou começando a calcular e a calibrar as suas possibilidades literárias, o que eu sei que você adoraria. Devo segurar o choro e isso realmente me prejudica. Eu estava te dizendo que este poderia ser um texto publicável, e já de saída notei que um bom mérito são as textualidades que estão em jogo. O gênero carta, de que eu gosto muitíssimo, um e-mail inserido nele, uma entrada de diário. Seriam diferentes textos dentro de um gênero maior, sem contar com as reflexões literárias. E acrescento um pequeninho que são umas notinhas que escrevi numa caderneta, enquanto esperava a sua chegada no cinema no outro dia.

Que triste eu estou! E o pior é que não posso me concentrar ou desconcentrar até você chegar, porque o cinema está fechado e vim para um bar solitário. E me incomoda muito ver passar pela rua uma grávida ou um velho, porque olho pra eles com o canto do olho, fico sobressaltada, e não são a sua cara. É detestável estar à espera de uma cara. Eu tinha imaginado muitas pessoas à minha volta, não este vazio que me faz sentir tão só. É inevitável que eu me queixe, porque a minha fantasia costuma ser, e mais agora, superior à realidade. Escrever me acalmaria um pouco, mas isso de ver passar papais com carrinhos de bebês... Além disso, isso de você me encontrar, se Deus quiser, escrevendo numa caderneta é tão ridículo. Como uma escolar, como uma recém-chegada. Eu nem sequer posso me entreter olhando alguém, porque não há nada, não tem ninguém. E, além disso, eu começaria a chorar.

Voltando ao assunto da escrita, noto que ao me concentrar nas letras eu me acalmo de verdade, como se realmente fosse importante escrever. Que impontual você é. Será que eu entendi direito a hora? Será que você não se importa de ver pontualmente a minha cara? Ou será que você se atrasou em algum

Ali termina a nota e aqui termina também o dia de hoje. Tudo se afasta e quero que esta continue sendo uma carta, e não tão só um diário no qual falo com você. Uma carta e não um diário. Quero dizer, uma carta de amor. Seria fácil, e muito cômodo, pra continuar tendo um diário no qual falo com você, fazer com que a sua leitura possível recorte os temas que eu posso escrever (que os aumente, na realidade). Eu poderia falar com você de livros, de pessoas, de projetos. Mas pra mim isso não importa, e também não quero ser uma miserável Madame Bovary que se esconde pelas noites pra suspirar. O que importa pra mim é me aprofundar nos meus sentimentos. E que você saiba deles, porque estão dirigidos a você. Como sempre, quero tirar algo bom disso.

9 de março. No dia de hoje, durante um tempo livre no trabalho, revisei a primeira parte desta carta e colei neste arquivo, que vai para um lugar online, já que me faz sentir inquieta não tê-lo por perto durante os tempos livres no trabalho. Eu me sinto exausta por causa do final de semana, a ansiedade, a tristeza, ter escrito tantas horas seguidas. Mas não vou me sentir desesperada de verdade até quinta-feira, dia em que, não sei que horas, você viaja definitivamente pra Paris, embora você já esteja longe de mim (em Amsterdam), mas saber que você já está instalada nesse infausto lugar da Europa... Um pouco de amor, outro de ódio, tédio, cansaço pela espera, alegria súbita, tudo em ritmo obtuso. Quem sabe por isso ninguém aguenta um apaixonado nem o que ele escreve. Tudo parece idiota. Os quatro cigarros que fumei e tudo o que suspirei me deixam sem ar, e faço um grande esforço pra sentar aqui, assim como fiz um grande esforço pra comer os dois sanduíches de queijo que me fizeram mal. Hoje fui mal no trabalho também. Tinha que fazer alguma coisa, mas não tinha a menor ideia do que fazer. Deram as instruções numa reunião na qual cheguei tarde. Fazia tempo que eu vinha desejando morrer, mas agora não desejo tanto, porque está faltando completar um pouco esta etapa da minha vida (que corresponde a esta carta, talvez, e é possível que esta carta dure muito mais do que um ano).

Várias vezes eu quis escrever algo secreto. Um dos meus textos se chamava *Segredos & Mentiras. Meu diário secreto*. Mas nunca terminei. Também escrevi um conto chamado *Meu romance secreto*. Porque nesse conto se desenvolvia o modo como eu decidia escrever e publicar um romance, um romance que não vale a pena, mas não importa. Agora, como você sabe, é provável que um dia eu publique estas cartas. Mas, pra fazer isso, não pretenderia um pouco que fosse ficção, não desmereceria assim os meus sentimentos, que são algo verdadeiro, algo real? E se esta carta é um documento de verdade (um documento de verdade!) prefiro que só você leia. Mas se você não gosta de mim, esta carta ficará extraviada num vazio, não será nem uma coisa nem outra, será um puro desperdício.

Ontem pensei milhares e milhares de coisas. Mas o cansaço me fez esquecer.

11 de março de manhã. Ainda não são seis horas. Todo mundo dorme, menos eu, desde as quatro da manhã, por causa de preocupações. Esses dias pensei várias coisas, e duvido que eu possa encadeá-las. Mas espero ao menos poder formar parágrafos coerentes com elas. Noto que as ideias que descrevo costumam ser presentes ou passadas, mas gostaria de que houvesse uma forma de dizer que essas ideias são recorrentes, não são presentes nem passadas, e que, em especial, voltam a mim antes de dormir. E, é claro, ao ler um livro, quando o meu cérebro se põe em funcionamento, voltam. Se eu quisesse não esquecer, poderia fazer aqui mesmo uma pequena lista e depois ir desenvolvendo. *Poderia*, disse, mas não vou fazer isso, porque sei que o resultado disso não estaria no nível do que espero poder dizer nesta carta.

Há outra coisa na qual quero perseverar e que é a ordem dos pensamentos quando surgem naturalmente, e não quando uma mente audaz no manejo dos sentimentos decide ordená-los numa simples lista. Noto que esta prática me contém: pra escrever esta carta preciso de solidão, embora a tristeza que eu passei no final de semana passado, sozinha, escrevendo durante dois dias, tenha sido dura demais. Esta carta não se liberta, de fato, está ancorada, ancorada dentro de um diário íntimo.

Sim, eu não quis abrir um arquivo novo pra escrever isto, inserindo o texto, como tantas outras vezes, dentro do meu diário íntimo, como um sanduíche. E é um diário íntimo que comecei no ano passado, depois de vários anos sem diário; e é um diário mínimo porque nele decidi anotar, sem erros de ortografia, somente as minhas atividades literárias, portanto as entradas são escassas, embora suculentas, já que em cada uma delas nomeio uma pessoa, autor lido, autor editado, editores, e conto algo específico acerca dessa leitura ou edição. Pois bem: no meio dessa organização calculada, insiro este emaranhado que ocupa agora noventa por cento do arquivo. Inclusive, eu poderia colar aqui a entrada do diário que segue à continuação deste arquivo, pra te mostrar, e que, nesse caso, no momento de fazer o corta e cola, haja um arquivo no qual o próprio texto participa de dois mundos diferentes: o mundo do privado e o mundo do porvir. Dá pra entender? Ou você está numa feira orgânica comprando um frango para o seu marido?

Me desculpe. Não importa nada do real, não importa nada que não tenha a ver com a realidade atual, com a virada que a minha vida deu.

Cada dia eu descubro alguma coisa. Há um desenvolvimento do que senti relacionado à minha primeira descoberta, quero dizer, descobrir que sentia uma imensa emoção pela sua vinda porque eu tinha te amado ao te conhecer, e que isso repercutia, mas que os meus sentimentos estavam tão enrijecidos que nem sequer lembrava disso. Achei que havia, então, um amor inconsciente. Mas não é de todo verdade, ou quem sabe não esteja bem explicado. Antes de você vir, lamentei que eu "tivesse que preparar o jantar para uma velha amiga", e lembro de ter ficado inquieta também pela data da sua chegada e pelo menu que eu poderia preparar, sendo que estava tão quente. E nesses pensamentos não havia absolutamente nenhuma preocupação que não fosse essa. Depois, você chegou. E nesse canto da porta de entrada nos abraçamos profundamente e já de saída expressei a você os meus sentimentos: "fiquei tão feliz por receber o seu e-mail". E te ver e ver que você era igual a sempre, e uma tremenda consciência de que resolver questões tão simples como onde vamos sentar me deixava muito nervosa, e começar já a dar voltas pela casa pra lá e pra cá, em busca de um copo pra servir um vinho, anunciando, à medida que me mexia, como uma maníaca, todos os meus movimentos.

De noite. Bom, eis-me aqui, sentada e sozinha, pouco depois de ter voltado da minha terapeuta. Sua opinião, junto com a minha análise, é muito clara: tudo o que eu fiz foi adequado, mas devido a uma terrível obstrução dos seus sentimentos, não vou conseguir chegar a você. Os detalhes da análise são todos os que fui acumulando ao longo desta carta. O que não fica claro, porque sou eu quem deve resolver isso no fragor da batalha, é como darei um ponto final a esse vício que é escrever pra você, e se quero continuar estes fios de pensamentos.

Um pouco, o resumo poderia ser que você decidiu renunciar a mim e ficar com o seu marido na Europa. Eu queria que você fosse a principal e única leitora desta carta, mas no seu e-mail de ontem você me fala dos meus livros, os meus livros recentes que você levou, importando-os pra esse infausto continente, você comenta que sempre me admirou. Eu queria que você fosse leitora da minha carta de amor, não dos meus livros. Terrível que eu só valha pra você pelo que a minha cabeça pode dar, mas não o meu corpo. E, no entanto, sempre há uma volta de parafuso. Porque você, ainda sendo uma rígida camponesa europeia, sabe muito bem que na literatura há sentimentos. Eu, revisando os meus diários, descobri que num primeiro momento houve sentimentos entre nós, sem que você soubesse muito de mim. Você nem sequer sabia que eu escrevia. Ao mesmo tempo, despeitada por procurar namorados por toda parte, rejeitei você, com e-mails desajeitados e adolescentes. Inseria nos meus e-mails alusões a aventuras com outros garotos, enquanto você já era casada. Não sei como você pôde continuar prestando atenção em mim por e-mail, talvez porque te dava pena e você entendia isso como uma bobeira adolescente, ou talvez porque você não pudesse ler aquilo, não pudesse decodificar que aquele despeito era puramente o resto de um amor. Talvez pelo seu amor por este idioma. Que diferente é agora: não há despeito, só resta amor, uma carta pura dirigida cem por cento a você, e nela não há brusquidão, há sutileza e respeito, embora o seu marido por momentos me indigne. Bom, mas depois desses e-mails impudicos, chegou a publicação do meu romance (mais impudico ainda, mas mais genial do que qualquer outro texto que você tivesse lido naqueles anos). Então você me escreveu; você era minha leitora. E naquelas vezes que você voltou a me visitar, a terra que já não era a minha, mas a do seu marido, eu já não me senti nem um pouco atraída por você. Aqui encontro um momento de espelho que me consola. Eu também fui cega comigo mesma. Não vi isso. Como você não me vê agora. Mas muita água ainda pode correr sob a ponte. Você poderia amadurecer, poderia se separar, tornar-se lésbica (como a sua irmã), muitas coisas poderiam acontecer, e eu não me disponho a imaginá-las, porque esta carta trata de coisas ligadas à verdade, e nada de sonhos, coisas que pulsam. Convido você aqui (porque faltava um pedido nesta carta), convido você a imaginar as condições possíveis do nosso amor. Você poderia imaginar algo para nós duas? A imaginação serve para alguma coisa? Não. O que serve é o gesto de chamá-la, na medida em que ativa, do presente, um futuro possível. Então: eu já gostei de você, gosto e gostarei, e no espaço no qual você me imaginar, será muito fácil me encontrar, você só precisa se abrir ao risco de gostar de mim, e certamente, se o fizer, receberá esta carta.

Tua,

I.

diário da bebedeira

10 de novembro de 2017

Não saber os nomes das coisas nem entender os pensamentos alheios. Quantas formas temos de pensar, de nos aproximarmos pra descobrir alguma coisa familiar? Na luz estamos bem. Nas sombras podemos estar melhor, ao vermos um reflexo que nos torna amigáveis.

As cinzas caem sobre os lençóis com a temperatura própria de um sonho. Não fume na cama, não se debruce pra olhar o celular!

Você pode andar por uma trilha, entre eucaliptos que aplaudem, e o vento frio e pungente. "Não sinto frio, não sinto frio", dizia a minha mãe. Que absurdo pensar isso, eu pensava, se estou sentindo tanto frio. Esse pensamento me ajuda em quê?

Cercadas de amigas, mas sozinhas. Cercadas de pensamentos, de sentimentos, por fim. Sem dormir, sem querer pensar, sentir, temer. Passando páginas em branco para o futuro chegar. Sem forças pra colocar o traço no *o*. O gato ronca. Letras redondas.

Sexta-feira bendita, sem forças pra me distrair da escrita. A María está em Lobos, como sempre, longe. Um dia depois de tê-la visto pela primeira vez, mas estamos separadas.

As minhas amigas calam. Tremedeiras, dores nas articulações. Impossibilidade de dormir. O Gregorio me pergunta se estou chorando enquanto amarro o tênis dele. Tento que ele se vista sozinho, mas ele só sabe colocar a cueca.

Em vez de revisar nossas mensagens, lerei *Léxico familiar*, de Natalia Ginzburg.

18 de novembro

Enquanto imagino a minha nova amante, isso leva tempo, e o erro sintático me afasta da dor. Me distraio, errando, observando o trabalho da vida e do acaso. As páginas passam rápido, o traço é abundante. O gato se limpa fazendo muito barulho e alvoroço. O fecho do moletom, de metal frio, dá frio; o herpes supura, demora pra secar. Querida sintaxe, não me abandone.

Engulo. Tento beber água, comer, e engasgo. As lágrimas se empurram em desordem e não dão passagem pra nada entrar no meu corpo, a não ser a cerveja. Invoco uma estranha e futura amante, e o resultado é o herpes. Horas roubadas da vigília pra produzir lágrimas preguiçosas, espessas. Pouca água bebida, pouca comida, o justo e necessário pra viver e que sobre um pouco pra chorar. Às vezes a angústia consegue alguma coisa.

19 de novembro

Me obrigo a comer a comida e a beber água. Me esmero em cuidar do meu herpes e em cortar o cabelo. Deixo correr a água da bica enquanto faço outra coisa, pra que saia quente, pra escovar as unhas. Já coloquei pra fritar um bife de soja empanado? Tinha esquecido. Cuidar do herpes. Cortar o cabelo. Escovar as unhas. A soja está fritando, a água esquentando: corre sozinha pra que eu me lave e esqueça.

O gato celebra que eu escreva, reprova que eu fume. Come na minha frente, ostensivamente, como quem diz: não esqueça de que estou vivo e preciso de você.

A soja queimou e eu jogo no lixo. Pensei que a tristeza não ia me deixar escrever. O gato se aproximou do cigarro com curiosidade e se queimou. Pronto. O nosso amor acabou.

22 de novembro

Uma bala perdida, entre um ladrão de joias e um joalheiro, na porta da minha casa, deveria terminar com a minha vida. Mas é meia-noite e continuo escrevendo.

25 de novembro

Feliz, de pijama, sozinha na cama, escrevendo neste diário. São quatro da manhã e estou embriagada. Ontem dormi com a minha nova amante. Incrível. Pensei que seria muito mais difícil.

A falsa razão do pensamento se descobre embriagada, de noite, sozinha, de pijama. É uma distância conhecida, como um verso é recente. E ao fechar os olhos, continuamos pensando.

Deitada sobre migalhas de pão.

Terça-feira

Vou rodando pela casa, de porre. Voltei do lançamento da María Moreno, de *A tontas y a locas*. Me encontro com a Beba. Agora me esparramo na cama, ainda com a roupa de sair, e avalio opções. Uma é dormir assim. Outra é arrumar a casa. Outra é ver *Transparent*. Ainda não são onze horas. Eu disse para a Pau: que vontade de trepar. Agora estou feliz por não ter namorada. Não dá pra escrever tão livremente namorando, mesmo que a sua namorada seja poeta, lésbica e você a ame.

Quarta-feira

Estar de porre. Todos merecemos isso. Ir ao toalete de porre e encontrar um sabonete que diz: "Deixe rastros no seu caminho". E por estar de porre, jogá-lo, sem querer, no chão, e que a saboneteira de porcelana milagrosamente se salve, mas o sabonete moralista caia no chão e escorregue: gordura irremediável, queda da moral. Se eu não pudesse escrever isto, com as minhas últimas forças, racionais ou não, se a minha amante não fosse ela, se fosse outra, mas é ela.

31 de novembro

Fumo na cozinha, enquanto o risoto fica pronto e o Gre vê desenho. Por momentos inquieta, por momentos muito feliz, porque intuo que serei muito feliz. Só me resta ser feliz. Outra vez digo: que sorte eu tenho, como faz vinte anos.

2 de dezembro

Durmo com o Gre. A sua proximidade me sensibiliza. Noto que é mais fácil chorar junto do meu ser amado. Quem sabe por isso me é tão grato dormir com ele? Preciso sentar pra chorar sentada, porque sinto vontade de vomitar. A gastroenterite me fez emagrecer, pareço encurvada. Há três canetas na minha cama, e do lado de fora os caminhões de lixo fazem barulho. Olho o meu horrível corte de cabelo e choro. A beleza pode muito bem ir à merda.

1 de janeiro

O repouso de uma pessoa privilegiada. Tomo mate, descanso. Perdida entre os lençóis. Esquento água pra tomar banho. Cinco panelas, como quando era pequena. Leio umas conversas de Cucurto. Eu me pergunto o que ele faz. Ele deveria agradecer às mulheres que lhe possibilitaram tudo, em todos os sentidos: o tempo e o material pra escrever.

10 de janeiro

Depois que o pior já passou, resta passar a vida em si. O conforto deste diário. Este é o meu espaço. Aqui e agora.

14 de janeiro

Choro para o esqueleto da minha amada, que está mais viva do que nunca e me cumprimenta, por fotos, de La Cumbre, Córdoba. Domingo terrível.

23 de janeiro

Farta de não encontrar o meu diário, que está sempre espalhado por algum lugar da casa.

Faz um mês, desde que li o terceiro volume dos diários de Piglia, voltou à minha cabeça uma cena incrível, que não sei aonde me conduz, nem como começar a escrever. A cena: uma cena total, e muito branca, dessa parte da cidade, desse bairro onde o último prédio dá as costas pra cidade no meio de uma manhã fresca e bastante nublada. Quem mora nesse prédio? Nunca tinha tido tamanha fixação. Ali mora uma mulher, e não sei como começar a contar isso. Sou detida por uma falsa preocupação estética, que é a necessidade de ser totalmente franca e totalmente livre ao mesmo tempo, no meio dessa realidade, que sempre atrasa.

24 de janeiro

Chorando, pra variar. Sozinha em casa, sem que ninguém me distraia.

Ontem falei com a Paula. Ela entendeu o que expliquei a ela sobre a realidade que atrasa. Escreverei assim mesmo o que tenho em mente, mas devo encontrar a energia certa. Eu me resisto a abandonar essa imagem. Preciso de tempo pra descobrir o que é. Quem mora nesse prédio, e como escreveria essa história mesmo quando depois... saia como sair? É a primeira vez na minha vida que penso, como se o que escrevesse fosse meu e dependesse de mim (embora eu saiba que não é assim), mas isso é inédito e emocionante. É novo e me faz feliz.

12 de fevereiro

Estar de porre é a melhor coisa que pode me acontecer agora. E é, de toda a escrita desta entrada, a que tem uma letra mais ou menos legível. De modo que reitero. Estar de porre é a melhor coisa que pode me acontecer agora

14 de fevereiro

A minha vida é como se estivessem me batendo ou me esfaqueando. Eu me torno pequena e o meu corpo todo dói. A noite chega e traço aqui o meu consolo. Aqui eu pareço escapar. Este espaço: a literatura é, antes de mais nada, espaço. É necessário este espaço pra ficar de pé ou, ao menos, eludir a dor.

Hoje havia cinco policiais assassinos na porta da minha casa.

Drama, desastre, combinações consonânticas do terrível, do truculento, do traiçoeiro, do tremebundo, dos que tramam, mas algo poderia se desatar no mundo também: a figura de um trevo, ou o número três.

12 de março

Há alguma verdade que já não tenha sido dita aqui? Sim. Quero estar sozinha e que ninguém fale comigo; que a cerveja me faz lembrar da única garota que amei. Que a felicidade tem nome de mulher, e que na palavra *mulher* estamos todas.

Fico na dúvida sobre o que ler, entre várias leituras. Mas eu me propus, antes de mais nada, a fazer o bolo do Gre. Ser confeiteira. Sozinha, em pé, com o avental, levantar os andares de uma torta, de um bolo, decorar a realidade pra que haja algo bonito e comestível ao mesmo tempo. A preparação de um bolo das Tartarugas Ninja. Enquanto isso, eu coço a cabeça como um macaco, como uma macaca que está sozinha e espera.

Estou cansada de que as minhas amigas me reprimam. Estava apaixonada e me reprimiam. Estou sozinha e com vontade de trepar, e me reprimem. Seria preciso pensar (que frase tão filosófica, impor-se o dever de pensar) nessa quantidade de controle que imprimem em mim. Elas me protegem de transbordar.

Faz quatro anos tive um filho. Eu transbordei, da maneira mais conservadora que existe no mundo. Posso estar dos dois lados hoje. Não há nada melhor para uma pessoa que escreve. Eu deveria dizer não há nada melhor para uma "mulher" que escreve?

Todas me dizem "vá com alma". Não sei como ser mãe com calma, nem como amar com calma. Talvez eu deva esperar mais vinte anos, porque não posso estar tranquila quando um pedaço de mim anda fora de mim e poderia se ferir e sofrer, e isso é algo que não tem retorno.

O Francisco me convidou pra ler na mostra da Naty e estou revisando a entrada da terça, 5 de fevereiro, cheia de correções, e que acabei nunca lendo. Será neste sábado a oportunidade? Poderei escrever essa história algum dia?

O mundo muda com as palavras de uma maneira que nunca imaginamos.

Pelas conversas em torno de alguns contos do livro, a tradutora agradece es alunes do curso "Pedagogias das letras: ensino, prática e crítica da literatura hoje", ministrado junto com Ítalo Moriconi no segundo semestre de 2021, no Programa de Pós-graduação em Letras da Unifesp, e es participantes da oficina "Tradução em processo", realizada no Campus Guarulhos dessa mesma universidade, em junho de 2022.

Outros títulos das Edições Jabuticaba

Discoteca Selvagem
Cecilia Pavón
trad. Mariana Ruggieri e Clarisse Lyra

Virá a more e terá os teus olhos
Cesare Pavese
trad. Cláudia T. Alves e Elena Santi

Sereia no copo d'água
nina rizzi
posfácio Estela Rosa

Por qual árvore espero
Eileen Myles
trad. Mariana Ruggieri, Camila Assad e Cesare Rodrigues

Variações sobre tonéis de chuva
Jan Wagner
trad. Douglas Pompeu

A invenção dos subúrbios
Daniel Francoy
posfácio Guilherme Gontijo Flores

Que tempos são estes
Adrienne Rich
trad. Marcelo F. Lotufo

Por trás e pela frente primeiro
Kurt Schwitters
trad. Douglas Pompeu

As Helenas de Troia, NY
Bernadette Mayer
trad. Mariana Ruggieri

O método Albertine
Anne Carson
trad. Vilma Arêas e Francisco Guimarães

O hábito da perfeição
Gerard Manley Hopkins
trad. Luís Bueno

Os elétrons (não) são todos iguais
Rosmarie Waldrop
trad. Marcelo F. Lotufo

Cálamo
Walt Whitman
trad. Eric Mitchell Sabinson

Nocaute / 6 poetas / Cuba / hoje
org. José Ramón Sánchez
trad. Rodrigo A. do Nascimento e Mariana Ruggieri

Ova Completa
Susana Thénon
trad. Angélica Freitas

Sotto Vocce e outros poemas
John Yau
trad. Marcelo Lotufo

História do Leite
Mónica Ojeda
trad. Ayelén Medail

Percurso livre médio
Ben Lerner
trad. Maria Cecilia Brandi

O velho que não sente frio
Daniel Francoy

Vontade de ferro
Nikolai Leskov
trad. Francisco de Araújo

Cidadã
Claudia Rankine
trad. Stephanie Borges

Cada um a seu modo
Marcelo F. Lotufo
posfácio Vilma Arêas

X, Y, Z
Carolina Tobar
trad. Marcelo Lotufo

Meus poemas não mudarão o mundo
Patrizia Cavalli
trad. Cláudia T. Alves

Moldávia
Timo Berger
trad. Douglas Pompeu

Caderno Goiabada
nina rizzi
posfácio Heloisa Buarque de Hollanda

Poemas mais ou menos de amos
Diane di Prima
org. e trad. Fernanda Morse

Rua Maravilha Tristeza
Frederico Klumb

I Acevedo nasceu em Tandil, Argentina, no dia 9 de abril de 1983, e hoje vive em Buenos Aires. É professor de literatura e editor independente. Publicou os livros de contos *Trilogía canina* (los-proyectos, 2015), *Jajaja* (Mansalva, 2017), *Late un corazón* (Rosa Iceberg, 2019) e *Paquete de fe* (PDF libre, 2020); e os romances *Una idea genial* (Mansalva, 2010, La Libre-La Flor Azul, 2020) e *Quedate conmigo* (Editorial Marciana, 2017); além dos ensaios *Horas robadas al sueño* (Eloísa Cartonera, 2018) e *Algo se mueve. El cuento después de Walsh* (Eme editorial, 2021). No ano de 2022 publicou *Diario de los quince. La aventura de escribir* (Bosque energético).

Paloma Vidal (Buenos Aires, 1975) é escritora e ensina Teoria Literária na Universidade Federal de São Paulo. Publicou romances, peças, livros de contos e de poesia, entre os quais *Algum lugar* (2009), *Mar azul* (2012), *Três peças* (2014), *Dupla exposição* (2016), *Wyoming* e *Menini* (2018). Seus livros mais recentes são os romances *Pré-história* (2020) e *La banda oriental* (2021). De crítica literária, publicou recentemente *Estar entre: ensaios de literaturas em trânsito* (2019). É editora da revista *Grumo* (www.salagrumo.com) e tradutora de autores e autoras latino-americanas como Clarice Lispector, Adolfo Bioy Casares, Margo Glantz, Tamara Kamenszain, Silviano Santiago e Sylvia Molloy.

ISBN 978-65-00-55593-6
9 786500 555936

Este livro foi impresso na gráfica PSI7, em papel pólen natural 80 g/m² (miolo) e cartão 250g/m² (capa) e composto em Garamond